D1395275

Nancy A. Collins

Opgedragen aan mijn tante Emily,
in herinnering
1930-2006

Nur 285 / GGP021001
© MMX Nederlandse editie: Uitgeverij Kluitman Alkmaar B.V.
© MMIX Nancy A. Collins
First published by Harper Teen, an imprint of HarperCollins Publishers
Oorspronkelijke titel: NightLife, a Vamps Novel
Nederlandse vertaling: Merel Leene
Omslagontwerp: Annemieke Groenhuijzen
Opmaak binnenwerk: Studio L.E.O.

www.kluitman.nl

The Devil hath power
To assume a pleasing shape
- Shakespeare, Hamlet, tweede akte, scène twee

HOOFDSTUK 1

Door zijn open, lichte ruimtes ademde Bergdorf Goodman een elegante en opgeruimde sfeer; dit was een compleet andere wereld dan die van de funky boetiekjes en tweedehands winkels waar Cally meestal shopte. Eigenlijk voelde het meer als een museum, behalve dan dat ze omringd was door etalagepoppen in nauwsluitende avondjurkjes.

Met haar nieuwe vriendinnen van school snuffelde Cally door de rekken, op zoek naar jurken die geschikt waren voor het komende grote Rauhnacht Bal. In gedachten maakte ze voortdurend aantekeningen over de stoffen, lijnen, vormen en kleuren die de dure merken gebruikten. Ze hoopte dat ze er met een beetje geluk in zou slagen die thuis op haar naaimachine na te maken.

'Ooo! Wat vind je van deze?' vroeg Cally. Ze hield een mouwloos jurkje van Dolce & Gabbana omhoog. Het was van matzwarte jersey en had een geplooid strak lijfje met een diepe V-hals.

'Heel mooi. Maar is hij niet een beetje te bloot?' vroeg Bella Maledetto bezorgd.

'Duh!' zei Melinda Mauvais. De lange, aantrekkelijke zestienjarige met haar gladde, mokkakleurige huid en smeulende jadegroene ogen was verreweg de meest exotische van het stel. 'Daar gaat het juist om bij het Bal: laten zien hoe aantrekkelijk en begeerlijk je bent!'

'Het is gewoon niet mijn stijl,' vond Bella.

Cally trok een gezicht. Het antwoord van haar vriendin verbaasde haar niet erg. Bella's modegevoel was nul komma nul, en dat van haar tweelingzus Bette was al niet veel beter, gezien het feit dat de zussen altijd precies hetzelfde droegen. Niet dat die Japanse-schoolmeisjeslook zo af en toe niet werkte, maar dan moest het wel ironisch bedoeld zijn. Het enige waardoor je de twee uit elkaar kon houden, was de kleur van de linten in hun haar: blauw voor Bella en rood voor Bette. Gelukkig waren de zussen zich er wel van bewust dat ze alle hulp konden gebruiken, en dus hadden ze Cally en Melinda gevraagd om met hen mee te gaan.

Cally besloot om het toch ook met de andere zus te proberen. 'Jij dan, Bette?'

'Ik vind het wel sexy,' zei Bette. Aangezien ze tien minuten ouder was dan haar tweelingzus, beschouwde ze zichzelf altijd als de meest volwassene van de twee.

'Je moet echt iets kiezen, Bella. Het bal is volgend

weekend al!' bracht Melinda haar in herinnering.

'En jij? Heb jij eigenlijk al iets uitgekozen voor het Grote Bal, Melly?' vroeg Cally.

'Nu je het zegt: mijn personal shopper belde net om te zeggen dat m'n Valentino-jurkje klaar is. Wil je misschien mee?'

'En wij dan?' vroegen Bella en Bette tegelijk.

'Waarom gaan jullie niet nog even naar die Vera Wangs daar kijken?' stelde Cally voor terwijl Melinda haar al meesleepte naar het naaiatelier. 'We vinden jullie wel weer als we klaar zijn.'

'Alstublieft, juffrouw Mauvais,' zei de verkoopster.

Melinda ritste de kledingzak open en keek kritisch naar de jurk. Ze wierp een blik op Cally, die over haar schouder meekeek. 'Nou, wat vind je?'

'Ik vind hem geweldig, Melly!' Cally liet haar hand over de stof glijden en merkte daarbij dat het prijskaartje er nog aan hing. Toen Melinda zich omdraaide om met de verkoopster te praten, keerde Cally snel het kaartje om en staarde naar de getallen voor én achter de punt. Van dat bedrag konden zij en haar moeder drie maanden de hypotheek van hun appartement in Williamsburg betalen.

'Wil je hem hier misschien nog even passen om te zien of alle aanpassingen goed zijn?' vroeg de verkoopster.

'Dat is niet nodig,' antwoordde Melinda. Ze zocht

even in haar Hermès-tas van echt krokodillenleer en gaf de verkoopster een visitekaartje van haar vader. 'Ik heb een naaister die zo nodig nog wat kan veranderen. Laat de jurk maar naar dit adres sturen.'

'Natuurlijk, juffrouw Mauvais, meteen.'

Ze liepen terug naar de zusjes Maledetto, en Melinda stelde eindelijk de vraag waar Cally al de hele middag met angst op zat te wachten. 'En, wat doe jij eigenlijk aan op Rauhnacht?'

Cally was even stil. Ze probeerde koortsachtig te bedenken of ze haar vriendin nu wel of niet zou vertellen dat ze helemaal niet was uitgenodigd als een van de debutantes op het Grote Bal. Maar het voelde zo goed om als gelijke behandeld te worden… Bovendien wilde ze de middag niet verpesten of Melinda in verlegenheid brengen door te wijzen op de enorme sociale kloof die tussen hen gaapte.

'Ik laat een jurk maken door iemand,' antwoordde ze nonchalant, in de hoop dat Melinda niet door zou vragen.

'Cool! Iemand die ik ken?'

'Ik denk het niet,' loog Cally. 'Ze is nog maar net begonnen, maar ze is heel veelbelovend.'

'Als je het mij vraagt, is dat hele Rauhnacht nogal seksistisch en middeleeuws,' zuchtte Melinda. 'Maar ik moet niet al te negatief doen. Tenslotte hebben mijn ouders elkaar zo ontmoet. Mijn opa Asema was helemaal vanuit Suriname naar het Grote Bal hier in New

York gekomen om een echtgenoot voor mijn moeder te vinden.'

'Komt jouw moeder uit Zuid-Amerika? Wauw! Dat wist ik niet.'

'Vandaar dat mijn totem een panter is en niet een wolf: dat komt doordat mijn voorouders uit West-Afrika naar de Nieuwe Wereld zijn gekomen, en niet uit Europa. Lilith pestte me er altijd mee dat ik anders was.'

'Hm, deed ze erg kattig?' vroeg Cally droog.

Cally en Melinda vonden de tweeling terug op de afdeling met jurken van Vera Wang, waar ze braaf in de rekken stonden te zoeken.

'En, al iets gevonden wat je leuk vindt?' vroeg Cally.

'Ik wel,' zei Bette trots. Ze hield een mouwloos zwart jurkje met een rechte rok omhoog.

'Volgens mij is dat een goeie, Bette!' zei Cally goedkeurend, met een blik op de diepe V-hals en de taille met ruches. 'En jij, Bella? Wat vind jij?'

De tweelingzus schudde haar hoofd. 'Ik vind het niet prettig als het zo bloot is.'

'Weet je, je hóéft niet hetzelfde te dragen als Bette,' zei Cally. 'Eigenlijk is het zelfs vreselijk fout.'

'Maar we dragen altijd hetzelfde,' protesteerde Bella. 'We zijn een tweeling!'

'Dat betekent toch niet dat jullie hetzelfde zijn? Ik bedoel, jullie houden toch ook niet van precies dezelfde dingen?'

Bella knikte. 'Zij vindt Johnny Depp een schatje, maar ik vind Orlando Bloom leuker.'

'Zie je wel? Dat bedoel ik nou!' Cally glimlachte. 'Jullie zien er misschien van buiten hetzelfde uit, maar van binnen verschillen jullie. En het wordt hoog tijd dat jullie dat ook aan anderen laten zien. Bella, waarom zoek jij niet een jurk van dezelfde ontwerper, maar dan een die jij leuk vindt? Dan dragen jullie een beetje hetzelfde, maar toch ook iets anders.'

Bella's gezicht klaarde meteen op. 'Ik weet precies welke! Wacht, ik haal hem even.

Dit is de jurk die ik leuk vond, maar Bette zei dat hij saai was,' zei Bella toen ze terugkwam met een mouwloos zwart satijnen jurkje met plooien langs de hals, een smalle taille en een wijde rok.

'Heel mooi,' zei Cally.

'Vind je hem echt mooi?' vroeg Bella bezorgd. 'Is hij niet te saai?'

'Ik vind hem heel elegant,' verzekerde Cally haar.

'Ooo! Weet je wat daar perfect bij zou staan?' riep Melinda uit. Haar ogen straalden. 'Die sandaaltjes met riempjes en hoge hakken van Azzaro die beneden in de uitverkoop stonden!' De glimlach op haar gezicht verdween plotseling. 'Oh-ooo... Bitch-alarm!'

'Waar?' zeiden de zussen tegelijk en hun hoofden draaiden rond als radarschotels.

'Daar.' Melinda knikte in de richting van de liften.

Cally voelde een knoop in haar maag toen ze zich

omdraaide en Lilith Todd zag staan, de populairste en meest gevreesde leerling van Bathory Academy. Niets verandert een leuke middag shoppen met de meiden sneller in een ramp dan iemand tegenkomen die pas nog geprobeerd heeft je te vermoorden.

Anders dan de school waarop ze zaten, was Bergdorf geen officiële vendettavrije zone. Maar de Synode was er niet erg gelukkig mee als vendetta's in het openbaar werden uitgevochten, zeker niet met veel mensen in de buurt. Dat alleen al was over het algemeen genoeg om ervoor te zorgen dat je er veilig kon rondlopen. Maar toch, met iemand zo wraakzuchtig als Lilith Todd, was alles mogelijk.

'Wat zullen we doen?' fluisterden Bette en Bella tegelijk. Ze hadden precies dezelfde bezorgde blik in hun ogen. Aangezien hun vader een gezworen vijand was van de vader van Lilith, maakten ook zij zich zorgen om haar onverwachte verschijning.

'Er is geen enkele reden om je zo druk te maken,' verzekerde Cally hen met een zo kalm mogelijke stem. 'Wij zijn met meer, toch?'

'Meisjes als Lilith gaan nóóit alleen winkelen,' zei Melinda. Haar ogen schoten speurend door de winkel. 'Het zijn net cobra's; als je er een ziet, kun je ervan uitgaan dat er meer in de buurt zijn. Kijk, zie je wel?'

Cally zag Carmen Duyvel in al haar roodharige glorie in hun richting lopen, gevolgd door twee andere meisjes. Het eerste meisje was zo lang als een ooievaar en had de bouw van een wandelende tak, met naar achteren gekamd, gedeeltelijk opgestoken, lang, rossig haar. Het tweede meisje was klein en wat mollig, en droeg haar steile zwarte haar in een klassieke rechte bob die haar ovale gezicht omlijstte en haar engelachtig cupidomondje accentueerde.

'Wie zijn dat?' vroeg Cally.

'Die lange is Armida Aitken, de kleine Lula Lumley,' fluisterde Melinda. 'Ze komen uit welgestelde Oudbloedfamilies, al zijn ze lang niet zo machtig als die van Lilith. Maar ja, dat is ook precies hoe Lilith het prettig vindt. Zij wil de *queen-bee* zijn.'

'Volgens mij kunnen we beter gaan,' zei Bella bezorgd.

'We hebben net zo veel recht als zij om hier te zijn,' antwoordde Cally stellig. 'We zijn nog steeds in Amerika hoor, ook al zijn we bij Bergdorf. Ik ga heus niet wegrennen omdat Lilith en haar bende in hetzelfde gebouw zijn...'

'Kijk eens aan!' Liliths stem was zo luid dat de mensen die vlakbij stonden naar haar omkeken. 'Daar heb je de drie M's: Monture, Mauvais en Maledetto!'

'Moeten dat niet vier M's zijn?' vroeg Armida Aitken, tellend op haar vingers. 'Er zijn twee Maledetto's...'

'Nee, want die twee zijn wat mij betreft compleet inwisselbaar,' siste Lilith over haar schouder, geïrriteerd dat ze haar grapje moest uitleggen aan iemand die erom hoorde te lachen, of ze de grap nu snapte of niet.

Terwijl Lilith dichterbij kwam, posteerden Melinda en de tweelingzussen zich aan beide kanten schuin achter Cally. Zelfs als ze zouden willen afdruipen, was er toch geen enkele manier om dat te doen zonder zwakbloedig te lijken.

'Ik wist niet dat ze vuilnisbakkies toelieten in Bergdorf.' Lilith snoof en keek naar Cally alsof ze haar zojuist van de zool van haar Fendi's had geschraapt.

'Dat moet wel, want er staat een hele troep loopse teven vlak voor me,' antwoordde Cally.

'Pas op je woorden, Monture,' gromde Carmen. Ze deed een stap naar voren en keek haar woedend aan, maar verstijfde toen Melinda ook naar voren stapte en schouder aan schouder met Cally ging staan.

'We zijn hier niet op school,' snauwde Lilith. 'Hier zijn geen leraren die het voor je op kunnen nemen, Nieuwbloed.'

'Dat is grappig, ik wilde net hetzelfde tegen jou zeggen,' kaatste Cally terug.

Liliths ogen vernauwden zich tot twee blauwe schilfers ijs. 'Jij hoort hier niet, net zoals je niet op Bathory hoort. We zijn niet van plan om ons territorium te delen met een stelletje losers, of wel, meiden?'

'Bergdorf is van ons!' zei Carmen met een neerbuigende zwaai van haar hoofd. 'Rot op nu het nog kan.'

'Bewaar die *Queen of the Damned*-act maar voor de stuudjes die je op school altijd intimideert,' zei Cally. 'Ons maak je er niet bang mee. Wat waren jij en je clubje Amerikaanse vampierprinsessen van plan te doen? Om de parfumbalie heen vliegen? Op het tapijt van de schoenenafdeling pissen om je territorium af te bakenen? En trouwens, ik ben niet zo snel bang.' Cally draaide zich om en wees met één vinger naar een etalagepop die een trui van kasjmier droeg. Een vonk blauwwitte elektriciteit sprong uit haar vingertop naar de pop en maakte in het negentienhonderd dollar kostende kledingstuk een brandgaatje ter grootte van een cent.

Armida en Lula hielden hun adem in en keken elkaar zenuwachtig aan; Carmen kromp ineen en deed onwillekeurig een stap naar achteren.

'Oké, dus als jullie het niet erg vinden…' Cally duwde Lilith opzij en liep langs haar en haar gevolg. 'Ik zou gráág nog wat langer met jullie praten, maar mijn vriendinnen en ik waren juist op weg naar de schoenenafdeling.' Pas op de roltrap blies Cally eindelijk haar adem uit. 'Dank de Stichters dat we daar vanaf zijn,' verzuchtte ze.

'Je was ongelooflijk!' zeiden Bette en Bella precies tegelijk.

'Ik heb nog nooit gezien dat iemand het zo tegen Lilith opnam,' lachte Melinda. 'Zijzelf ook niet, trouwens.'

'Denk je dat ze mij er de schuld van geeft dat haar vriendin dood is? Dat ze me daarom zo haat? Hoe heette ze ook alweer…'

'Tanith Graves,' antwoordde Melinda. 'Nee, dat is het niet volgens mij. Lilith en Tanith waren close, maar ook weer niet zo close. Als je het mij vraagt, is ze bang voor jou.'

'Bang? Voor mij?'

'Jij kunt zonder moeite bliksem oproepen!' Melinda knipte met haar vingers. 'Niemand anders van onze leeftijd kan dat, of iets wat er ook maar een beetje op lijkt. Natuurlijk is ze bang voor jou.'

Cally wierp even een bezorgde blik over haar schouder. 'Ik weet niet, Melly. Volgens mij zit er meer achter, maar ik heb geen idee wat...'

'Sommige mensen zijn écht ongelooflijk!' siste Carmen. 'Melinda wist dat we vandaag hier zouden zijn voor de modeshow. Het is allemaal haar schuld, ik weet het zeker. Ze heeft het gewoon zo geregeld.'

'Zeker weten,' kreunde Lilith. 'Stel je voor... Ordinair, platvloers tuig zoals Monture en de Maledetto's in Bergdorf. Is er dan niets meer heilig?'

Als Lilith Todd een lijst zou maken van alle dingen die ze haatte, zou het een erg lange lijst worden. In elk geval zou erop staan (in willekeurige volgorde): school, haar zin niet krijgen, delen, haar moeder, lelijke mensen, arme mensen en nerds. Maar er bestond geen twijfel over wie bovenaan zou staan: Cally Monture.

Lilith keek toe hoe haar aartsvijand en halfzuster samen met haar troepje sneue losers met de roltrap naar de schoenenafdeling afdaalde. Het verbaasde haar niets dat haar vader zijn onwettige dochter al die tijd in het ongewisse had gelaten over haar ware identiteit. Als Lilith terugkeek op haar eigen kindertijd, realiseerde ze zich dat hij haar niet veel anders behandeld had. Alle twee waren ze grootgebracht als champignons: altijd in het donker, en in leven gehouden op een dieet van bullshit. Nu ze erover nadacht, wist Lilith nog wel iets voor boven aan haar haatlijstje: haar goeie ouwe paps.

Ze had gehoopt dat een middagje shoppen voor een avondjurk voor het Grote Bal haar van haar problemen zou afleiden, maar in plaats daarvan viel ze er met haar neus middenin. Lilith was tot in het diepst van haar wezen geschokt geweest toen ze erachter was gekomen wie en wat Cally echt was, maar tot nu toe had ze de waarheid aan niemand durven vertellen, zelfs niet aan Jules.

En ze kon ook aan niemand laten zien hoezeer ze geraakt was door deze openbaring. Zodra haar zogenaamde vrienden ook maar enig teken van zwakte bij haar zouden bespeuren, zouden ze zich op haar werpen als jakhalzen op een gewonde leeuw. En dat gold ook voor haar nieuwste 'beste vriendin' Carmen Duyvel.

Zelfs al voor Taniths dood had Carmen staan springen om de rol van vertrouwelinge en eerste luitenant van haar over te nemen, maar nu leek het wel of Lilith zich nog niet eens kon omdraaien zonder dat het roodharige meisje haar lastigviel. "Wat doe je? Waar ga je naartoe? Gaat Jules met je mee?"

Carmen was ongeveer net zo irritant als een string van jute, en ze kroop bijna net zo ver haar reet in. Maar goed, het was belangrijk dat Lilith haar gevolg op peil hield. Nu Tanith dood was en Melinda was overgelopen naar de losers was Carmen de enige overgeblevene van haar oude bende. En aangezien twee mensen samen nog geen bende vormen, had ze Armida Aitken en Lula Lumley meegenomen voor een 'testrit'. Tot nu toe beloofde het niet veel goeds.

'We moeten opschieten, anders komen we te laat,' zei Carmen. 'Ik heb gehoord dat Gala er alleen het eerste uurtje van de show is. Haar wil ik niet missen!'

In het gedeelte van de winkel dat was afgezet voor de modeshow liepen al op z'n minst twintig vrouwen rond. De welgestelde dames, echtgenotes van belangrijke mannen en jonge beroemdheden kletsten met elkaar, nipten van de gratis cocktails en keken lui de rekken met kleren door die voor hen waren neergezet.

Lilith keek even naar de tafel met gecaterde hapjes, die vol stond met vers fruit en kaasplankjes, en probeerde haar weerzin te verbergen. Van alleen al de aanblik van wat bloedproppen 'eten' noemden, draaide haar maag zich om. Ze vroeg zich af hoe ze zich er überhaupt toe konden zetten om zulke troep te eten.

De modemanager van het warenhuis hief haar handen om iedereen stil te krijgen. 'Dames, wij hier bij Bergdorf Goodman zijn verheugd dat we een nieuwe ontwerper van onze lentecollectie aan u kunnen voorstellen. Hier aanwezig om u te vertellen over de komende prêt-à-porter-collectie is de Noord-Amerikaanse vertegenwoordiger van Maison d'Ombres.'

Carmen stootte Lilith aan toen een lange, goedgebouwde man van midden twintig naar voren kwam. 'Naast hem lijkt Ollie een ober in een ranzig goedkoop restaurantje.'

'Hij is leuk.' Lilith haalde haar schouders op. 'Maar Jules is sexyer.'

'Jules is héél sexy,' beaamde Carmen.

'Wat bedoel je daarmee?' vroeg Lilith argwanend.

'Niets, Lili,' antwoordde Carmen snel. 'Ik zei alleen, nou ja, je weet wel…'

De jonge vertegenwoordiger glimlachte vriendelijk naar de vrouwen die voor hem stonden, zich compleet onbewust van de discussie over hoe sexy hij wel of niet was. 'Dames, mag ik u voorstellen: het nieuwe jonge gezicht van Maison d'Ombres, de weergaloos mooie… Gala!'

Vanachter een van de rekken stapte een oogverblindend mooi meisje naar voren. Ze had hoge, ronde jukbeenderen, pruilende volle lippen, stralende aquamarijnblauwe ogen en lang haar dat over haar schouders viel als warme karamel. Met haar lange, welgevormde benen en de bruine teint van een surfmeisje leek ze zo van het strand van Malibu te komen.

Toen het model wiegend naar voren liep in een

blouse met ruches langs de hals, een donkere rok met strik en een prachtige trenchcoat met opgerolde mouwen, kwam meteen een breedgeschouderde fotograaf met een keurig getrimd sikje in actie, die zijn digitale 35mm-camera op haar richtte. De klanten 'oh'-den en 'ah'-den bewonderend.

Zodra ze de camera zagen, begonnen Lilith en haar gevolg zich ongemakkelijk te voelen. Ze hadden weliswaar nog een paar jaar voor ze echt niet meer gefotografeerd konden worden, maar tijdens hun opvoeding was hun altijd voorgehouden dat ze voorzichtig moesten zijn in de buurt van camera's.

De fotograaf cirkelde om Gala heen als een satelliet, zijn rug naar de andere vrouwen in de ruimte gekeerd.

Terwijl ze toekeek hoe de fotograaf zijn plaatjes schoot, herkende Lilith hem als de man die haar een paar weken eerder bij D&G benaderd had.

'Wie is die paparazzo?' vroeg Lula.

'Dat is geen paparazzo, dat is Kristof,' antwoordde Carmen.

'Ken je hem?' vroeg Lilith, die probeerde haar interesse te verbergen.

'Niet persoonlijk. Hij is een hotshot-fotograaf die spreads gemaakt heeft met Iman, Kate Moss en Kurkova. Ze hebben hem gecontracteerd voor de lancering van Maison d'Ombres. Trouwens, wat vind je van de kleren?'

Lilith keek even naar de rekken vol proefmodellen.

De kledingstukken leken allemaal erg goed gemaakt, maar ze waren niet echt speciaal. 'Zelfs als ik kots, ziet het er interessanter uit,' zei ze schouderophalend. 'Heb ik al gezegd dat ik als laatste debutante word gepresenteerd bij het Grote Bal?'

'Ja, een paar keer,' antwoordde Armida.

'Ik ben op zoek naar iets wat alle ogen in die balzaal naar zich toe trekt. Tenslotte is het superbelangrijk als je degene bent die daar als laatste gepresenteerd wordt. Het Grote Bal kan pas beginnen wanneer ik open met de eerste dans van de avond. Ik wil een jurk die daarbij past.' Terwijl ze aan het praten was, zag Lilith een paar meisjes met pen en papier in de hand naar het model toe lopen, hopend op een handtekening. Het model krabbelde haar naam neer en haar bewonderaars liepen trots met hun handtekening weg, alsof die goud waard was.

'Ik heb gehoord dat Gala een contract van een miljoen heeft gesloten met Maison d'Ombres en dat ze het komende jaar hun officiële model is,' fluisterde Lula. 'Spreads in *Elle*, *Vanity Fair* en *Vogue*… Dat soort dingen.'

'Een miljoen?' Lilith tikte met een parelroze nagel tegen haar kin. 'Hoe oud denk je dat ze is?'

'Zeventien, misschien achttien?'

'Vind je haar knapper dan ik?'

'Eh…' Lula keek om zich heen, onzeker wat ze zou antwoorden.

'Zeker niet!' protesteerde Carmen, die snel in de leegte stapte die Lula's blunder veroorzaakte. 'Jij bent veel knapper. De meeste modellen zouden een moord doen om eruit te zien zoals jij.'

Terwijl Kristof verder ging met fotograferen, kwam bij Lilith de gedachte op dat zij haar rijkdom en populariteit niet aan zichzelf te danken had, maar aan haar vader. Ze was net als de maan, die zelf geen licht verspreidt maar alleen het zonlicht weerkaatst. Tot nu toe was ze er tevreden mee geweest om in haar vaders baan te blijven, de echo te vormen van zijn glorie. Maar nu ze wist dat ze niet zijn enige dochter was, leken de dingen opeens lang niet meer zo zeker als eerst.

Misschien was het tijd dat ze zelf ging schitteren.

HOOFDSTUK 2

Rest Haven was een van de weinige overgebleven privébegraafplaatsen in Williamsburg. Achter de oude bakstenen muur lag een halve hectare van stil groen en door de zon gebleekte marmeren monumenten. 's Nachts was het smeedijzeren hek goed afgesloten om iedereen buiten te houden die de eeuwige slaap van de permanente bewoners zou kunnen verstoren. Natuurlijk betekende dat niet dat de doden voor wie Rest Haven de laatste rustplaats was, nooit bezoekers kregen. De afgelopen weken was de oude begraafplaats zelfs regelmatig bezocht door een jong verliefd stel, dat een schuilplaats zocht ver van de rest van de wereld.

Cally koos voorzichtig haar weg tussen de grafstenen door. Ze haalde diep adem en rook de heerlijke geur van herfstbladeren. In de heldere oktoberlucht hing een maan zo dun als een vingernagel, die het einde aankondigde van wat, ondanks de korte ontmoeting met Lilith Todd, een uitstekende dag was geweest. Ze keek even naar haar lavendelkleurige tas van Bergdorf, met daarin een La Perla-setje van bh en string dat haar bijna driehonderdvijftig dollar had gekost. Ze had de lingerie contant betaald en de verkoopster een handvol briefjes van tien en twintig toegestopt. Aan de uitdrukking op de gezichten van Melinda en de tweeling was duidelijk te zien geweest dat ze nog nooit met iets anders dan hun plastic pasjes betaald hadden.

Maar ondanks de enorme verschillen in hun levensstijl, vond Cally Melinda en de tweeling aardig. Zij leken haar ook echt te mogen. En daarom zat het haar dwars dat ze de hele dag tegen hen gelogen had.

Niemand vindt het prettig om belogen te worden, maar soms valt er gewoon niet aan een leugen te ontkomen, zeker niet als je in leven wilt blijven. Liegen over dat ze uitgenodigd zou zijn voor het Grote Bal viel niet in de overlevingscategorie. Eigenlijk was de grootste leugen meer een geheim: haar vriendje was een vampierjager. En niet zomaar een vampierjager: een echte Van Helsing. Peter, om precies te zijn.

Ja, dat ze zich aangetrokken voelde tot een man wiens familie gezworen had haar ras van de aardbodem weg te vagen, was meer dan een cliché, om niet te zeggen verschrikkelijk ongezond. Maar op het moment dat ze Peter voor het eerst gezien had in de metro, had ze beseft dat er iets tussen hen was. Wat precies, wist ze niet, maar de band was even moeilijk te ontkennen als dat hij verboden was. Het gevoel kwam bovendien niet van één kant: Peter had dezelfde onmiddellijke aantrekkingskracht gevoeld. Hij was zelfs zo ver gegaan dat hij haar na die eerste ontmoeting had opgespoord om haar te kunnen vertellen wat hij voor haar voelde. Het was alsof er een magneet in hun hart zat, waardoor ze voortdurend naar elkaar toe getrokken werden, hoe hard ze zich daar ook tegen verzetten. Wat het ook was dat hen tot elkaar aantrok – chemie, voorbestemming, lust of het noodlot – Cally kon er geen weerstand aan bieden.

Cally was half vampier, half mens en had zich haar hele leven verscheurd gevoeld tussen twee werelden. Tot geen van beide had ze echt behoord. Al die mooie tv-spotjes voor kinderen die zeiden dat je 'gewoon jezelf' moest zijn, lieten het zo idioot makkelijk klinken. Maar wat als 'jezelf zijn' betekende dat je in elkaar geslagen werd, of zelfs gedood wanneer je niet uitkeek? Wat dan? In Peter had ze eindelijk iemand gevonden bij wie ze zich niet anders hoefde voor te doen dan ze was. Wanneer ze er met Peter stiekem tussenuit kneep, was het net of ze vakantie had van haar echte leven. Wanneer ze bij hem was, voelde ze zich vrij om te praten over dingen waarover ze nooit had kúnnen praten. Haar nieuwsgierigheid naar de ware identiteit van haar vader, bijvoorbeeld, en de mengeling van ergernis en liefde die ze voelde voor haar moeder. Wanneer Peter en zij samen waren, leken alle dingen die haar anders opfokten, zomaar weg te smelten.

Eerst waren hun afspraakjes onregelmatig geweest. Nu lukte het hun nauwelijks om een dag voorbij te laten gaan waarop ze elkaar niet zagen; ondanks het gevaar voor hen beiden wanneer ze ontdekt zouden worden.

Cally naderde de meidoorn die stil de wacht hield bij de graven van haar grootouders en zag dat op de grond onder de verwrongen takken een zwart met rode plaid lag uitgespreid. Midden op de plaid stond een ouderwetse rieten picknickmand. Ze stond stil en keek om zich heen. Plotseling stapte Peter vanachter een van de dichtbijgelegen monumenten tevoorschijn. Hij was een paar jaar ouder dan Cally en had golvend roodbruin haar en donkerbruine ogen.

'Het leek me leuk om te picknicken, nu het weer nog zo goed is,' zei hij met een schaapachtige glimlach.

'Zoiets had je echt niet hoeven doen… maar ik ben blij dat je het gedaan hebt.' Cally sloeg haar armen om zijn nek.

'Ach ja, diep van binnen ben ik blijkbaar toch een romanticus,' grinnikte hij.

Ze gingen samen op de deken zitten.

'En, wat voor lekkers heb je meegenomen?' Cally grijnsde en klapte het deksel van de mand open.

'O, een beetje van dit en een beetje van dat,' antwoordde Peter. 'Even zien… we hebben een kleine fles witte wijn met bubbels, koekjes, chocoladetruffels…'

'En dit?' Cally hield een roestvrijstalen cilinder omhoog. 'Koffie?'

'Nee.' Peter grinnikte. 'Dat is voor jou. Kom op, maak maar open.'

Cally schroefde de dop van de glanzende thermosfles af. Zelfs al voor ze het kon zien, vertelde de geur haar wat erin zat. Ze keek op naar Peter, die haar vol verwachting aankeek.

'Vind je het lekker?' vroeg hij.

'Peter… Waar heb je dit vandaan gehaald?' fluisterde ze onder de indruk.

'Van de ziekenafdeling van het Instituut.'

Cally draaide de dop terug op de thermosfles. 'Weet je dit wel zeker, Peter?'

'Ze merken toch niet dat het weg is,' antwoordde hij. 'Ik heb ingebroken in de computer van dokter Willoughby, en zijn inventaris "gecorrigeerd". Hij zal geen litertje O-positief missen.' Peter legde zijn hand om de achterkant van haar hoofd en woelde door haar lange donkere haar. 'Je bent zo mooi, Cally. Ik wou dat ik je aan iedereen kon laten zien.' Hij zuchtte en streek over haar wang. 'Ik ken een heel leuk Italiaans tentje… Er lopen een accordeonist en operazanger rond, net als in *Lady en de vagebond*. Het is een beetje kitscherig, maar ook ongelooflijk romantisch.'

'Dat klinkt fantastisch, Peter.' Cally glimlachte terwijl ze probeerde de fles wijn open te krijgen. 'Maar ik kan toch niet echt eten, waar we ook naartoe gaan. Ik bedoel, ik kan wel doen alsof, zoals ze ons op school geleerd hebben. Een beetje het eten op mijn bord heen en weer schuiven... Af en toe als niemand kijkt wat in mijn servet laten glijden, zoals meisjes met anorexia of modellen doen. Weet je, het is echt jaren geleden dat ik gepicknickt heb. Dat was met oma, bij haar huisje in de Catskills. Toen kon ik nog vast voedsel eten.' Ze gaf hem een glas bubbeltjeswijn.

'Weet je zeker dat je hier niets van neemt?' vroeg Peter. Hij hield haar een van de truffels voor.

Cally schudde haar hoofd en duwde de aangeboden zoetigheid weg. 'Als ik het probeer, word ik misselijk. Ik zit de rest van mijn leven vast aan een vloeibaar dieet.' Ze hield eenzelfde glas omhoog als ze hem had gegeven, alleen was dit gevuld met gekoeld bloed. 'Proost, op ons!'

'Op ons,' knikte Peter. Hij tikte met de bovenkant van zijn wijnglas tegen het hare en keek pas op het allerlaatste moment weg, toen Cally begon te drinken. 'En, hoe was jouw dag?'

'Geweldig... Maar je wilt er vast niets over horen, want ik heb vooral gewinkeld.'

'Nee, laat inderdaad maar.' Peter grinnikte. 'Ben je tijdens het shoppen nog knappe jonge vampiers tegengekomen?'

'Tuurlijk niet. Vampierjongens houden net zo min van shoppen als gewone jongens. Maar weet je wie ik wel tegenkwam? Lilith Todd.'

Peter verstijfde. 'Victor Todds dochter?'

'Ken jij Victor Todd?' vroeg Cally verbaasd.

'Ik ken de namen van alle belangrijke Oudbloed-families in deze stad,' antwoordde hij. 'En zeker de Todds.'

'Echt? Heb ik je al verteld dat Lilith heeft geprobeerd me op school te vermoorden?'

'Dat verbaast me niks,' zei Peter duister. 'Dat gemene zit in de familie. Ik weet er alles van. Victor heeft mijn opa Leland vermoord.'

'O Peter, wat erg!' riep Cally uit en ze legde een hand op zijn arm.

'Todd heeft hem voor de ogen van mijn vader gedood. Die was toen ongeveer zo oud als ik nu. Als jouw grootmoeder Sina er niet was geweest, was mijn vader waarschijnlijk ook vermoord. Je zou dus kunnen zeggen dat het aan haar te danken is dat ik besta.'

'Dat is echt raar.' Cally schudde ongelovig haar hoofd. 'Ik probeer nog steeds tot me door te laten dringen dat oma vroeger een vampierjager is geweest.'

'Vind je dat raarder dan dat ze een heks was?'

'Hé, ik wist dat ze een heks was. Dat was nooit een geheim. En trouwens, ik ben zelf een halve vampier, dus dat iemand een heks is, vind ik niet zo vreemd.'

'Een-nul.'

Er viel een lange stilte.

Na een tijdje keek Cally bezorgd op naar Peter.

'Probeert je vader me nog steeds te vinden?'

'Maak je geen zorgen; hij weet niet waar je woont of dat soort dingen.'

'Ja, maar het is jou ook gelukt om me op te sporen, toch?'

'Ik heb de bestanden veranderd nadat ik had ingebroken in de database. Volgens het grafregister van de staat New York liggen je grootouders nu begraven op Woodland, in de Bronx. Je hoeft je echt nergens druk over te maken, Cally, dat beloof ik je.' Peter glimlachte en kneep even troostend in haar hand.

'Heb je al ontdekt waarom hij me zo ontzettend graag wil vangen?'

Peter schudde zijn hoofd. 'Dat ik zijn zoon ben, betekent nog niet dat hij me ook maar iets over zijn plannen vertelt.'

'Zeg mij wat, daar weet ik alles van.' Cally zuchtte en rolde met haar ogen. Ze kroop dicht tegen hem aan en genoot van de warmte van zijn lichaam tegen het hare. 'Peter, denk jij dat er ergens op deze wereld een plek voor ons is?'

'Ja,' zei hij en hij streek zacht over haar haren. 'Dat moet wel. Waarom zouden we elkaar anders gevonden hebben, als er voor ons geen enkele hoop op geluk was? Het leven kan niet zó wreed zijn. Misschien kunnen we samen weglopen naar een plaats waar niemand ons kent. Of nog beter: een of ander afgelegen eiland waar de mensen nooit gehoord hebben van vampiers of vampierjagers. En dan doen we het elke avond op het strand. Hoe klinkt dat?'

'Als een droom.' Cally legde haar hoofd op Peters schouder en stelde zich voor hoe ze hand in hand over een strand liepen, zo wit als suiker, en naar de weerspiegeling van het maanlicht in het water keken. Ze kuste hem in zijn nek en genoot van zijn muskusachtige geur en de zoutige smaak van zijn huid op haar lippen. Ze voelde de warmte in haar buik, die door lust veroorzaakt werd en niet door honger. De afgelopen weken waren ze steeds intiemer geworden, maar Cally had nog altijd Peters bloed niet geproefd. Ze was bang om de controle te verliezen en hem per ongeluk leeg te zuigen. En trouwens, ze wilde niet de eerste zijn die het onderwerp ter sprake bracht. Als hij haar zijn hals aanbood voor een liefdesbeet, zou ze er nog eens over nadenken. Ze wilde hem in elk geval niet onder druk zetten. Het was tenslotte zijn bloed. Maar toch… er waren momenten dat hij zo dicht bij haar zat dat ze het bloed door zijn aderen kon horen stromen. Als ze goed luisterde, kon ze het haar bijna horen roepen, haar verleiden tot slechts één slokje… *Wat kan het voor kwaad? En trouwens, je weet dat hij het ook wil…* Cally rilde en dwong haar gedachten tot stoppen.

'Is er iets?' vroeg Peter, die er geen idee van had wat er allemaal door haar hoofd ging.

'Nee,' loog ze. 'Ik dacht alleen aan wat je net zei over je grootvader. Ik heb nooit geweten dat er zo veel kwaad bloed bestond tussen de Van Helsings en de Todds. Het klinkt een beetje als de vendetta's die er woeden tussen vampierfamilies. Je moet de familie Todd echt haten.'

'Alleen degenen die het verdienen,' antwoordde hij.

Toen Cally de lobby van haar appartementengebouw in liep, zag ze hoe meneer Dithers, de voorzitter van de bewonersvereniging, zijn vuilnis in de afvalvernietiger gooide. Zo snel ze kon liep ze naar de lift, biddend dat die voor deze ene keer eens op de begane grond was in plaats van ergens bij de zevende verdieping. Ze drukte op het knopje en tot haar grote opluchting schoven de deuren meteen open.

'Juffrouw Monture! Een momentje alstublieft.'

Cally draaide zich om en zag meneer Dithers vlak achter zich staan. Door zijn jampotglazen leken zijn vergrote ogen ergens voor zijn gezicht te zweven.

'We hebben klachten gekregen van de bewoners aan weerszijden van jullie flat – en ook van die erboven en eronder, om eerlijk te zijn – over het volume van de geluidsinstallatie. Ik heb al twee waarschuwingsbriefjes aan je moeder gestuurd…'

'Ik begrijp het, meneer Dithers,' zei Cally verontschuldigend. 'Het spijt me echt. Ik zal tegen mijn moeder zeggen dat ze het geluid zachter moet zetten…'

'Ik heb echt niks tegen jou persoonlijk, Cally. Ik weet dat je heel erg je best doet, maar de regels over geluidsoverlast staan duidelijk beschreven in de overeenkomst van de bewonersvereniging. Als dit zo doorgaat, heb ik geen andere keuze dan je moeder voor elke nieuwe klacht een boete van tweehonderd dollar te geven.'

'Zulke drastische maatregelen zijn echt niet nodig,' verzekerde Cally hem. 'Ik regel het wel, echt.'

'Ik hoop het, juffrouw Monture.'

Toen de deuren van de lift opengingen op haar etage, was Cally opgelucht dat ze niet al halverwege de gang kon horen naar welke film haar moeder zat te kijken. Ze opende de deur en stapte het appartement binnen. De keuken en de eetkamer waren donker, op het zwakke, blauwwitte licht na dat vanuit de woonkamer naar binnen scheen.

'Mam? Ik kwam net meneer Dithers weer tegen,' meldde Cally terwijl ze haar tas op de ontbijtbar zette.

Cally's moeder zat op een roodfluwelen chaise longue en keek naar het HD-plasmascherm dat aan de muur hing. Toen ze de kamer in liep, realiseerde Cally zich waarom alles zo vreemd stil was: haar moeder zat naar de klassieke stomme film *Nosferatu* van F.W. Murnau te kijken.

'Mam? Hoorde je wat ik zei? We moeten praten.'

'En of we moeten praten!' Sheila Monture draaide zich om en keek haar dochter boos aan. 'Ik wil wel eens weten waarheen jij steeds wegglipt, jongedame, op alle mogelijke tijdstippen van de dag. Je hebt iemand, hè?'

'Mam, je hebt gedronken,' zei Cally op zakelijke toon.

'Je weet dat ik niet over dit soort dingen wil praten als je dronken bent.'

Sheila duwde zichzelf omhoog van de chaise longue en wankelde even voor ze haar evenwicht hervond. Ze droeg een golvende zwartfluwelen jurk die tot op de grond viel, met lange strakke mouwen die in een punt op haar handen eindigden, en kanten lussen aan de manchetten die om haar wijsvingers vastzaten. Cally herkende de outfit en de lange zwarte pruik die erbij hoorde als de Morticia Addams-look die haar moeder graag droeg wanneer ze zich zorgen maakte over hun sociale status binnen de vampiergemeenschap. Dat was tamelijk belachelijk, gezien het feit dat haar moeder een mens was.

'Dat ik slaap tegen de tijd dat jij het huis weer komt binnensluipen, betekent heus niet dat ik niks merk. Je kunt maar beter niet aan het rotzooien zijn met die nietsnut van een Johnny Muerto! Ik wil niet dat je je kansen op het vinden van een goede echtgenoot verspeelt door te rommelen met dat Nieuwbloedtuig!'

Cally trok een gezicht van afschuw. 'Mam, ik haat Johnny Muerto! Ik ben een keer naar het kantoor van professor Burke gestuurd omdat ik hem een mep verkocht toen hij probeerde me te zoenen, weet je nog?'

'Oké, als je niet met hem rotzooit, met welke van die groentjes van Varney Hall heb je het dan wel aangelegd?' vroeg Sheila.

'Ik ga helemaal niet stiekem uit met een of andere

Nieuwbloedjongen, mam! En trouwens, ik snap niet waar je je zo druk over maakt. Oudbloeden trouwen alleen met hun eigen soort, en daar hoor ik toch echt niet bij.'

'Zo moet je niet over jezelf praten, lieverd,' zei Sheila vermanend. Ze leunde naar voren om haar dochter over haar haren te strijken. 'Jij bent net zo goed als welk Oudbloedmeisje op jouw school dan ook. De jongens op Ruthven zouden uit hun dak gaan als ze wisten wie je vader was.'

'O, dáár heb ik wat aan,' zei Cally scherp. Ze duwde haar moeders hand weg bij haar gezicht. Als Sheila zo dicht bij haar was, was het onmogelijk om de bourbonstank te negeren. 'Ik weet niet eens wie mijn vader is!'

'Hij is een heel rijk en machtig lid van de Oudbloedsociety...' zei Sheila, alsof ze iets opdreunde wat ze uit haar hoofd had geleerd.

'Ja, dat hoor ik altijd, mam, alleen wil je nooit zeggen hoe hij heet!' antwoordde Cally kwaad. 'Binnenkort word ik zeventien en dan weet ik nog niet wie mijn vader is. Denk je niet dat het eens tijd wordt dat je het me vertelt? Waarom bescherm je hem nog steeds?'

'Je weet dat ik het je niet kan vertellen, Cally,' zei Sheila, die vermoeid haar schouders liet zakken. 'Je grootmoeder heeft me laten...' Ze keek weg zonder haar zin af te maken. 'Het is voor je eigen bestwil, liefje.'

'Je probeert het altijd op oma af te schuiven als ik vraag wie mijn vader is!' snauwde Cally. 'Ik ben het zat dat je haar de schuld geeft. Oma is nu al twee jaar dood. Je zou me zijn naam zo kunnen vertellen als je dat wilde; de waarheid is dat je het gewoon niet wílt!'

'Cally, lieverd, je snapt niet hoe het is voor je vader...'

'Nee, dat doe ik inderdaad niet! En als ik op jouw informatie moet afgaan, zal ik het waarschijnlijk ook nooit begrijpen. Ik ga nu naar mijn kamer... O, en mam, noem Nieuwbloeden alsjeblieft geen groentjes, oké? Dat is grof. Hoe zou jij het vinden als ik jou een prop noemde?' Cally sloeg de deur van haar kamer zo hard dicht dat de vloer ervan trilde.

Ha, kom maar op met je geluidsoverlast!

HOOFDSTUK 3

Lilith Todd liep de indrukwekkende granieten trap op die naar de deuren van de Belfry leidde. Ze stopte even en keek naar de massa wannabe's van buiten de stad die zich aan de verkeerde kant van de touwen verzameld hadden. Tegen beter weten in hoopten ze toegelaten te worden tot de voormalige kerk uit het fin de siècle, waarin nu de hotste club van de stad gevestigd was. In haar lichtroze corsetjurkje van Dolce & Gabbana was ze de personificatie van alle mooie mensen.

Voor Lilith waren alle bloedproppen modenitwits, maar sommige waren duidelijk erger dan andere. Wie deed er in stichtersnaam een goedkoop rood topje en een nog goedkoper, jaren geleden bij Sears gekocht zwart rokje aan naar een nachtclub? Niet dat het er iets toe deed: dat ordinaire tutje zou vannacht echt niet binnenkomen, en morgen ook niet. Haar vriendje was al niet veel beter, met z'n lange paarse leren jas. Dacht die knul dat hij naar een housefeest ging of zo? Zóóó suf! Lilith hield gauw een hand voor haar mond, voor het geval ze in de lach zou schieten en per ongeluk haar bijttanden zou ontbloten.

Ze gleed langs de indrukwekkende portier en zocht vervolgens haar weg door de mensenmassa; iedereen hier was naar de club gegaan om te kijken en bekeken te worden en de avond weg te dansen met veel drank en drugs. Lilith had hard een opkikkertje nodig, maar geen van de drie bars bij de grote dansvloer serveerde haar favoriete drankje.

Toen ze de trap op liep naar de verbouwde koorruimte die als vip-lounge van de club dienstdeed, vervaagde de oorverdovende dansmuziek tot een gedempte dreun. Ze zag haar vriendje, Jules de Laval, op een van de divans zitten, die overal in de ruimte stonden. Hij zat te praten met twee van zijn vrienden en medeleerlingen van Ruthven, Sergei Savanovic en Oliver Drake. Met zijn kunstig door de war gebrachte, rossig gouden haardos, sterke kaaklijn en sprankelende groene ogen, leek hij een viriele jonge koning die hof hield.

'Hoe was je middag met Armida en Lula?' vroeg Jules.

'De een is een kleine dwerg en de ander ziet eruit als een transseksueel,' antwoordde Lilith. Ze kuste de lucht naast Jules' wang om haar make-up niet te verpesten. 'Met hen winkelen is net zoiets als kijken naar het opdrogen van bloed, maar dan minder leuk.'

'Dus ze zijn niet geslaagd voor de test?'

'Dat zei ik niet,' zei Lilith snel. 'Ik vertel verder zodra ik een drankje heb.'

'Hé Jules, jij bent zeker Liliths date voor het Grote Bal?' vroeg Sergei. Zijn blik volgde Lilith naar de bar. Zijn ogen waren strak op haar heupen gericht, die prachtig geaccentueerd werden door haar lichtroze corsetjurk. Hij had de diepe, donkere ogen van een dichter, maar Sergei kleedde zich als een rockster en had de daarbij passende seksuele honger.

'Nee.'

'Waarom niet?'

'Dat is tegen de regels. Debutantes mogen niet ge-escorteerd worden door iemand met wie ze een rela-tie hebben. Een of andere idiote traditie. En aangezien Lilith en ik aan elkaar beloofd zijn, mag ik dus niet. Vraag Ollie maar; hij kan ook niet met Carmen gaan.'

'Jules heeft gelijk,' zei Ollie. Met zijn vuilblonde haar en jongensachtige gezicht leek hij zo onschuldig als een puppy, tot je zijn spijkerharde blik zag. 'Maar met wie ga je dan eigenlijk naar het Bal, Jules?'

'Meisjes moeten de jongens vragen, niet andersom,' zei Jules. 'Dat weet je heus wel.'

'Dat snap ik niet,' zei Oliver argwanend. 'Vertel je me nou dat geen enkele van de meiden jou, de meest begeerde jongen op Ruthven, gevraagd heeft voor het Grote Bal?'

'Je kent Lilith toch; die doet niet aan delen,' zei Jules schouderophalend. 'Geen van de meisjes wil het risico lopen dat ze jaloers wordt. En jij, Sergei? Heeft een van de meiden jou al gevraagd?'

'Min of meer,' zei Sergei, met een snelle blik in Olivers richting. 'Het hangt ervan af wat een zeker iemand daarvan vindt, zeg maar.'

Tegen de tijd dat Lilith bij de bar aankwam, had de barkeeper haar drankje al ingeschonken: AB-neg met bourbon, geserveerd op lichaamstemperatuur en met een drupje antistolling; precies zoals ze het lekker vond.

Toen ze haar eerste slok nam, glimlachte de man die naast haar aan de bar stond en hij knipoogde vriendelijk naar haar in een poging haar te versieren. Hij was achter in de dertig en zijn pafferige gezicht was rood van de drank. Hij rook sterk naar aftershave. Vergeleken bij de modieuze clubbezoekers tussen wie hij zich vanavond begeven had, zag hij er oud en saai uit – een effectenmakelaar op een avondje uit.

'Weet je zeker dat je zo'n drankje aankunt, jongedame?' vroeg hij, terwijl hij wees op wat naar zijn idee een glas wijn was.

Lilith kuchte in haar hand en probeerde niet in de lach te schieten. 'Maak je geen zorgen,' zei ze terwijl ze het glas even ophief. 'Ik drink dit spul al sinds ik een baby'tje was.'

Toen Lilith zich omdraaide om terug te gaan naar

haar vrienden, stak de effectenmakelaar zijn hand uit en greep haar elleboog, overmoedig geworden door de alcohol. 'Ik dacht… Als je je drankje ophebt, kan ik er misschien nog een voor je halen?'

Lilith keek omlaag naar de trouwring om zijn vinger en fixeerde de man toen met een blik zo blauw en koud als ijs uit het hart van Antarctica. 'Ik ben hier met mijn verloofde,' zei ze vlak.

Op een divan vlakbij zag de effectenmakelaar een blonde jongen met het lichaam van een surfer zitten. De jongeman keek naar hem met ogen die in de schemerige club bijna licht leken te geven, als de ogen van een jungledier. Om zijn mond speelde een flauw lachje dat verre van vriendelijk was.

'Sorry,' zei de makelaar snel en hij liet haar arm los.

'En terecht.' Lilith snoof. 'Ga terug naar Connecticut zo lang het nog kan, huisvadertje.'

De effectenmakelaar verdween weer naar zijn plekje aan de bar en gebaarde met een somber gezicht naar de barkeeper om nog een drankje.

'Zag je die prop?' zei Lilith toen ze zich weer bij het groepje voegde. 'Seb heeft zijn standaard voor wie hij in de vip-lounge toelaat wel laten zakken, zeg. Die vent is zó ordinair.'

'Ik zou me er niet druk over maken,' antwoordde Sergei. Hij bekeek de man die aan de bar zat. 'Je bewonderaar is waarschijnlijk op weg naar de kelder.'

'Dan hoop ik dat hij A-positief is en scotch drinkt,'

zuchtte Jules verlangend. 'De enige scotchdonor die de club op dit moment heeft, is B-negatief. Seb beweert bij hoog en bij laag dat die prop aan een infuus van 21 jaar oude Glenlivet ligt, maar wat mij betreft kan het net zo goed een of ander smerig bocht zijn.'

'En, waar hadden jullie het over terwijl meneer vrouw-en-twee-kinderen-in-Connecticut zijn versier- poging deed?' vroeg Lilith.

'Niets eigenlijk,' zei Oliver. 'We hadden het over het Grote Bal.'

'O, herinner me er niet aan.' Ze kreunde. 'Ik heb nog steeds geen fatsoenlijke jurk gevonden.'

'Heb je vandaag niks gekocht?' vroeg Jules verbaasd.

'Natuurlijk heb ik iets gekocht.' Lilith rolde vol min- achting met haar ogen. 'Ik heb een paar geweldige ge- vlochten muiltjes van Louboutin gevonden, met pla- teauzolen, en een heel schattig jurkje van Derek Lam, Frans marineblauw met knopen langs de rechterkant en, o, een heel, heel lief bijpassend tasje van Marc Jacobs, leren patchwork. Ik heb alleen nog geen avond- jurk gevonden die ik mooi vind, dat is alles.'

'Nou ja, zolang het geen verloren tripje was,' vond Jules.

'Weet je, ik dacht dat het misschien leuk zou zijn om vanavond naar jouw huis te gaan,' zei Lilith met een knipoog. 'Je ouders zijn nog steeds de stad uit, toch? En laatst was het zo gezellig…'

'Dat kunnen we doen, als je wilt,' aarzelde Jules, 'maar…'

'Maar wat?'

'We zijn niet alleen, helaas. Tante Juliana en oom Boris maken hun huis in de Hamptons klaar voor het Grote Bal, dus Xander logeert een tijdje bij ons.'

'Ugh. Laat maar. Met Exo in de buurt voel ik me echt niet op mijn gemak. Misschien gluurt hij wel door het sleutelgat, weet jij veel.' Lilith rilde bij de gedachte dat Xander Orlock haar naakt zou zien. 'Kon je niet tegen hem zeggen dat hij moest oprotten of zo?'

'Lili, je zult er echt aan moeten wennen dat Exo in de buurt is,' zei Jules vermoeid. 'Hij is tenslotte mijn neef. Over een tijdje is hij ook jouw familie, of in ieder geval aangetrouwd.'

'Ieuwww, hou op.' Lilith trok een vies gezicht.

'Ik ben nog nooit in het landhuis van de Orlocks geweest,' zei Oliver. 'Hoe ziet het eruit?'

'King's Stone is echt cool. Exo vertelde me dat het nagemaakt is van een of ander kasteel in het Oude Land. Oom Boris heeft het laten bouwen van steenblokken die uit de Karpaten hierheen zijn vervoerd. Het huis is echt gigantisch. Toen Exo en ik klein waren, speelden we er altijd verstoppertje.'

'Ik moet nog een drankje,' kondigde Lilith luid aan. Ze hield haar glas omhoog en bewoog het voor Jules' gezicht heen en weer.

'Volgens mij doe je benen het nog hoor,' antwoordde hij en hij ging verder met zijn gesprek met Oliver.

Lilith kneep haar ogen samen en spande haar kaken

aan. Typisch Jules! Het ene moment kon hij niet van haar afblijven, stak kaarsjes aan en gaf haar rugmassages en sieraden, en het volgende moment deed hij of hij zich haar naam niet eens kon herinneren. Lilith stond op van de divan en stormde op de bar af om een vers drankje te halen.

Toen ze bij de bar kwam, hief de effectenmakelaar die haar lastiggevallen had, langzaam zijn hoofd en hij staarde haar aan. De lust die eerder in zijn ogen gebrand had, was nu uitgedoofd en vervangen door angst. Het was de blik van een man die zich realiseerde dat hij zich op gevaarlijk terrein had begeven en geen idee had hoe hij moest terugkeren naar veiliger gebied. 'Er zat iets… in mijn drankje,' wist hij nog uit te brengen, terwijl hij bij de barkruk weg wilde lopen. Toen begaven zijn benen het.

Plotseling verscheen Sebastian naast de effectenmakelaar en voor de prop de grond kon raken, greep hij hem onder zijn armen. De clubpromotor woog nog geen 55 kilo en droeg schoenen met belachelijk hoge hakken, maar het kostte hem geen enkele moeite om de dronken man zonder hulp terug op zijn kruk te hijsen. 'André, Christian, begeleiden jullie onze vriend hier naar de kelder?' zei Sebastian tegen de bodybuilders/portiers die hem flankeerden. 'Quentin, wat dronk hij?'

'Scotch,' antwoordde de barkeeper.

'Perfect!' Sebastian glimlachte en ontblootte daarbij

twee parelwitte bijttanden. 'André, leg bij onze nieuwe donor een infuus van Bushmills IV aan, alsjeblieft.'

'Tien of zestien?'

'Begin maar met tien jaar oude,' antwoordde de clubpromotor. 'Zodra ik zijn bloedgroep weet, besluit ik of we het opvoeren.'

'Oké, baas.'

Lilith nipte aan haar nieuwe drankje terwijl ze toekeek hoe de bodybuilders de prop wegsleepten. Ze namen hem mee naar de achtermuur, waar kleden een deur verborgen die direct naar de enorme kelder onder de club leidde. De mensen in de Loft wisten niet beter of de twee brachten een of andere klant die te veel gedronken had naar buiten, maar de waarheid was veel vreemder – en duisterder – dan ze zich konden voorstellen.

Ze vroeg zich af of ze zou teruggaan naar de anderen, maar besloot dat ze te pissig was op Jules. Hoe hij de laatste tijd dan weer lief en dan weer koel tegen haar deed, maakte haar woest. Hij mocht in zijn handen knijpen dat hij met haar was, wist hij dat dan niet? Hij zei dat hij het haatte wanneer ze jaloers deed, maar het leek wel alsof hij net zo ongelukkig was als ze niet jaloers was. Het was onmogelijk om hem tevreden te stellen. Als haar vader dat huwelijkscontract met graaf De Laval niet had gesloten, zou ze echt in de verleiding komen om Jules' perfecte, goedgevormde kont te dumpen voor iemand die haar wat meer steunde. Maar wie? Haar hele leven al had Lilith zich haar toekomst voorgesteld als Jules' echtgenote en de volgende gravin De Laval. De gedachte om met iemand anders te zijn, was net zo vreemd voor haar als het idee van delen.

'Lilith, schat!' zei Sebastian, die nu al zijn aandacht richtte op de prachtige blonde erfgename. 'Je bent zeker naar binnen geslopen toen ik even niet oplette. Je weet toch dat je de club niet binnen hoort te gaan zonder me te kussen!'

'Hoe zou ik dat kunnen vergeten, Seb,' lachte Lilith. Ze kuste de lucht naast zijn gepoederde en van rouge voorziene wang.

'En nu moet je me vertellen hoe erg je me gemist hebt sinds de laatste keer dat je hier was! Je hebt me toch wel gemist hè, lieverd?'

'Natuurlijk heb ik je gemist, Seb! Ik mis je altijd.'

'Wacht eventjes.' Hij legde een vinger tegen zijn headset. 'Inkomend bericht. Ja, Tomás... Wat is er? Echt? Waar is ze?'

'Wat is er?' vroeg Lilith; haar nieuwsgierigheid was gewekt.

'Er is een beroemdheid op weg naar de Loft.'

'Een van ons of een van hen?'

'Hen. Een of ander beroemd model, Gala.'

'Gala?' Lilith trok een wenkbrauw omhoog. 'Ik heb haar vanmiddag nog gezien, bij een modeshow in Bergdorf.'

'Jij bofkont! Ik heb nooit meer tijd om te shoppen. Ik bestel mijn ensembles tegenwoordig allemaal online.

Zeg, ik zou graag nog wat verder kletsen, maar ik moet er nu eerst voor zorgen dat iedereen van de staf weet dat onze kleine beroemdheid niet op het menu staat. Ah! Daar is ze!' zei Sebastian en hij dribbelde weg zo snel als zijn plateauzolen hem konden dragen.

Lilith keek toe hoe de clubpromotor naar het model toe liep en haar vervolgens begon te vleien alsof hij een hond was die in een goed blaadje wilde komen te staan bij de leider van de troep. Gala had de saaie kleren die ze voor Maison d'Ombres had geshowd, verruild voor een zilverkleurig halterjurkje met bijpassende hoge schoenen met bandjes, waarin haar zongebruinde huid en getrainde lichaam prachtig uitkwamen.

Lilith voelde een steek van jaloezie toen ze zich realiseerde dat Sebastian Gala precies zo begroette als hij net met haar had gedaan.

Terwijl het model door de lounge liep, draaide elk hoofd mee om haar maar te kunnen volgen. Toen ze ging zitten, kroop haar toch al nauwelijks bestaande rokje omhoog, waardoor een dito slipje zichtbaar werd. De ogen van de mannen glinsterden van begeerte, terwijl die van de vrouwen vonkten van jaloezie; die van Lilith het meest.

'Vanwaar al die opwinding?'

Lilith schrok van het geluid van Jules' stem in haar oor. Ze was zo gefocust geweest op alle aandacht die Gala kreeg, dat ze niet had gemerkt dat Jules achter haar was komen staan.

'O, niets, alleen maar een of ander model. Gail huppeldepup, geloof ik.'

'Echt waar?' Oliver ging op zijn tenen staan om meer te kunnen zien. 'Is ze hot?'

'Natuurlijk is ze hot,' antwoordde Sergei. Hij rolde met zijn ogen. 'Ze is model. Duh!'

Oliver gaf Sergei een por in zijn ribben. 'Kom mee. Gaan we even kijken.'

'Wat een haast om naar een of andere opgedofte prop te kijken,' snoof Lilith.

'Beetje jaloers, Lili?' grinnikte Sergei.

'Waar zou ik jaloers op moeten zijn? Als ze nog bruiner wordt, lijkt ze wel een Oempa Loempa!'

'En toch is ze hot,' zei Sergei schouderophalend.

'Boeien,' snauwde Lilith. 'Sorry, maar ik moet even mijn lippen bijwerken.'

De damestoiletten in de Loft hadden geen spiegel boven de wasbak zoals de toiletten beneden. Normaal gesproken zou Lilith Tanith of een van de andere meiden hebben meegenomen om haar make-up te controleren, maar Tanith was dood, Melinda was gedeserteerd en voor vandaag had ze wel genoeg van Carmen, bedankt. Zonder iemand om het te checken, durfde ze niet nog meer lipstick op te doen. Maar goed, eigenlijk hoefde ze haar make-up ook helemaal niet bij te werken. Ze had er gewoon genoeg van gehad hoe de anderen liepen te kwijlen over die achterlijke bimbo.

Juist op dat moment stapte Gala de damestoiletten in; ze liep alsof ze op een catwalk in Milaan stond. Ze passeerde Lilith zonder haar een blik waardig te keuren en verdween in een van de toilethokjes.

Lilith duwde met haar elleboog de kraan open en deed alsof ze haar handen waste. Een minuut later werd ze beloond door het geluid van een doorspoelend toilet en een deur die openging. Ze trok een papieren handdoekje uit de dispenser en droogde uitgebreid haar handen, die nooit nat geweest waren. Toen deed ze een stap opzij en gaf het model de ruimte bij de wasbak.

'Ik zag je bij de modeshow,' zei Lilith. De woorden rolden sneller naar buiten dan ze bedoeld had.

'O ja?' zei Gala op verveeld beleefde toon. Ze hield haar handen onder het stromende water.

'Ik vroeg me af... Mag ik je iets vragen?'

Gala haalde haar schouders op maar nam niet de moeite om Lilith aan te kijken.

'Wat vind je van Kristof?'

Gala zette de kraan uit en keek van opzij naar Lilith. Er schitterde iets hards in de aquamarijnblauwe ogen van het model, dat Lilith niet eerder had gezien. 'Wat is er met Kristof?'

'Ik vroeg me gewoon af of hij een beetje goed is? Ik dacht eraan om een aanbieding aan te nemen om voor hem te poseren...'

'Jij?! Poseren voor Kristof?' Gala liet haar ogen van

boven naar beneden over Liliths lichaam glijden alsof het een vieze lap was. 'Er bestaat een tijdschrift, schat, dat heet *Vogue*… Daarvan kun je er maar beter een kopen en het doorbladeren voor je Kristofs tijd gaat verdoen.' Zonder nog een blik vuil te maken aan Lilith liep Gala de damestoiletten uit. Even dacht ze dat ze een laag keelachtig gegrom hoorde, als van een kwade hond. Maar dat was belachelijk. Wat zou zo'n beest doen in een nachtclub in Manhattan?

Een makelaar was bezig nieuwe woonruimte voor Gala te zoeken, een plek die beter paste bij haar status van opkomend supermodel, maar totdat er iets vrijkwam, deelde ze een appartement in Chelsea met twee andere modellen van haar bureau.

Toen de lege taxi wegreed van de stoeprand, schrok ze. Het leek wel of er in de schaduw naast de deur van het gebouw iemand stond. Even hield ze haar adem in, maar toen ze opnieuw keek, was de figuur verdwenen.

Shit, Skyler, dacht ze zuur, hopelijk heb je me niet weer LSD voor XTC verkocht.

Gala opende de deur naar de lobby. Maandagmorgen vroeg had ze een shoot met Kristof, dus ze had er echt geen behoefte aan om de komende achttien uur te liggen trippen. Kristof haatte het als zijn modellen moe en uitgeput voor een shoot kwamen opdagen.

Het was één ding om voor de camera te doen alsóf ze als een idioot aan het feesten was, maar eruitzien alsof ze net de laatste bar aan de Bowery gesloten had, was iets heel anders.

Toen Gala langs de brievenbussen in de lobby liep, had ze het vreemde gevoel dat ze bekeken werd. Ze blikte kort over haar schouder, maar zag niemand. Toch kon ze het gevoel dat er iemand, of iets, achter haar stond, niet van zich af schudden.

Verdomme, Skyler. Ze was echt aan het trippen.

Ze drukte op de liftknop en hoorde de lift van een hogere verdieping naar beneden komen. Terwijl ze wachtte tot hij er was, troostte ze zichzelf met gedachten aan alle leuke dingen die ze voor zichzelf ging kopen met het geld van het Maison d'Ombres-contract.

Ze deed nu al een eeuwigheid modellenwerk voor dure auto's, kleren, schoenen, parfums en sieraden en eindelijk kon ze zich dat soort dingen zelf veroorloven. Niet slecht voor iemand uit Ledbetter, Texas die van school was getrapt en niks anders bezat dan een avondschooldiploma en een paar retegoeie genen.

De deuren van de lift schoven open; in de lift was het pikdonker. Eerst dacht ze dat de lamp gewoon doorgebrand was, maar toen ze naar binnen stapte, hoorde Gala glas kraken onder haar voeten. Iemand had de lamp aan het plafond kapotgegooid.

Gauw stapte Gala de lift weer uit. Het idee om opgesloten te zitten in het pikdonker, ook al was het maar een paar seconden, was genoeg om haar de kriebels te geven, trip of geen trip. Voor hetzelfde geld was degene die de lamp had stukgegooid nog steeds daarbinnen en keek naar haar vanuit de duisternis.

Zachtjes vloekend begon ze de trap te beklimmen naar haar appartement op de vierde verdieping. Het gebouw was oud en de treden waren uitgesleten door generaties voeten. Eén ding was zeker: in haar nieuwe woning – waar die ook zou zijn – zou zoiets niet gebeuren. Supermodellen gingen niet met de trap.

Toen ze de tweede verdieping bereikte, hoorde Gala voetstappen op de etage boven haar. Ze stopte even en leunde over de balustrade om het smalle trappenhuis in te kijken. Tot haar verrassing zag ze iemand vanaf de vierde verdieping naar haar terugkijken. Meteen deinsde ze achteruit, haar hart bonkend tegen haar ribbenkast, en begon verwoed in haar Gucci-tas te rommelen. Ze zuchtte van opluchting toen haar vingers zich om haar mobieltje sloten.

Gala stond op het punt om het alarmnummer in te toetsen, toen ze plotseling bedacht dat de politie bellen misschien toch niet zo slim was. Ze was tenslotte minderjarig, dronken en onder invloed van drugs. Ze was er niet zeker van of ze echt iemand van boven naar haar had zien kijken, maar wat ze wel wist, was dat ze niet ging slagen voor een blaastest. Waarschijnlijk verbeeldde ze zich het maar. Ze was aan het trippen, tenslotte.

Gala verzamelde al haar moed en boog zich toen opnieuw over de leuning om naar boven te kijken.

Niemand. Met een zucht van verlichting stopte ze haar mobieltje weer in haar tas en ze klom verder.

Toen ze op haar eigen verdieping kwam, klonk er een hard, flappend geluid, als van wasgoed dat aan de lijn hangt te wapperen in een sterke wind. Iets groots en donkers kwam de trap af gezweefd. Voor Gala iets kon doen, voelde ze enorme, leerachtige vleugels tegen haar lichaam slaan. Het ding dat haar aanviel, duwde zijn gezicht tegen het hare. Dat gezicht was een afstotelijke mengeling van dat van een vleermuis en een mens: een korte varkensneus, kraalogen en knarsende bijttanden.

Gala gilde en sloeg haar handen voor haar ogen in een wanhopige poging het gruwelijke ding voor haar te laten verdwijnen. Toen ze zich razendsnel omdraaide, brak een van haar hakken af, waardoor ze van de trap viel. Eén verdieping lager kwam ze tot stilstand, haar benen gebogen als die van een kapotte pop.

Ze kreunde van de pijn toen ze probeerde haar hoofd op te tillen en uit haar mondhoek droop bloed. Ze verstijfde; haar aanvaller boog zich over haar heen als een aasgier. Het model opende haar mond om te gillen, maar ze was zo bang dat er alleen een verstikt geluid uit kwam.

De monsterlijke gelaatstrekken van het wezen leken te trillen, alsof ze ze door hete lucht heen zag, en tot haar grote verbazing merkte Gala opeens dat ze in het gezicht keek van een prachtig jong meisje met koude blauwe ogen en lang honingblond haar.

'Niemand die zo tegen mij praat, komt daar zomaar mee weg,' grauwde het vleermuismeisje. Ze grijnsde, waardoor twee bijttanden zichtbaar werden. Hoe langer ze lachte, hoe groter de tanden werden. 'Kristof is van mij, bitch.'

Voor het wezen haar tanden in Gala's nek kon zetten, klonk het geluid van een deur die open werd gegooid. 'Wie is daar?' riep een mannenstem.

Het vleermuismeisje trok haar hoofd terug en siste van woede. Net zo snel als ze verschenen was, verdween ze weer. Op de plek waar ze net nog was, stond een oudere man die Gala herkende als een van haar buren. Hij was gekleed in een loshangende badjas en had een hockeystick in zijn hand als geïmproviseerd wapen.

'Mijn hemel! Ik bel 112!'

Gala keek omhoog en zag het vleermuismeisje als een monsterlijke kroonluchter boven het hoofd van de barmhartige samaritaan aan het plafond hangen. Het grijnsde naar haar met een duivelse vrolijkheid.

Pas toen was ze eindelijk in staat om te schreeuwen.

HOOFDSTUK 4

Het was zondagavond vroeg en Cally zat in haar kamer. Ze was bijna klaar met het inzetten van de rits in een zwart minirokje, toen de telefoon ging. Ze legde haar schaar en naaigerei opzij en pakte hem op voor hij op voicemail kon overgaan.

'Hé, chick,' zei Melinda, die niet de moeite nam om haar naam te noemen.

'Hoi, Melly. Wat is er?'

'Niet veel. Ik vroeg me af of je zin hebt om vanavond naar die nieuwe club te gaan. Ik ging altijd uit in de Belfry, maar ik heb een nieuwe plek nodig om te stappen. Ik hoor overal zeggen dat de Viral Room een vip-club is.'

'Vip?' Cally fronste haar wenkbrauwen.

'Je weet wel: Vampiers In Partystemming.' Melinda lachte. 'En? Zin om te gaan kijken?'

'Komen Bella en Bette ook?'

'Die twee? Naar een nachtclub? Dat meen je toch niet serieus?'

'Oké, ik ga mee. Ik heb een excuus nodig om hier weg te kunnen; ik word gek van m'n moeder!'

'Ik snap het. Wanneer denk je dat je klaar bent? Ik kan een auto sturen om je op te halen…'

'Nee, dat hoeft niet,' antwoordde Cally vlug. Het laatste wat ze kon gebruiken was dat een van haar vrienden per ongeluk haar moeder zou zien. 'Ik zie je daar wel. Middernacht, oké?'

'Prima. Het heksenuur. Zie je bij de club.'

Haar moeder lag zoals gewoonlijk op de roodfluwelen chaise longue voor de tv. Vanavond keek ze naar *Near Dark* met een draadloze koptelefoon over haar oren geklemd; een onwillige concessie aan de nieuwste klachten van de bewonersvereniging.

Cally leunde naar voren en tilde de koptelefoon op. Recht in haar moeders oor zei ze: 'Mam, ik ga vanavond uit.'

'Haal je eerst de was nog even op bij de wasserette?' vroeg Sheila. 'Ik heb je schooljasje laten stomen. Echt Cally, het leek wel of je ermee naar het slachthuis geweest was. Probeer de volgende keer wat voorzichtiger te zijn als je je schoollunch openmaakt.'

'Geen zorgen, mam, doe ik,' beloofde Cally. Ze was opgelucht dat haar moeder blijkbaar geen vraagtekens zette bij haar verklaring voor de bloedvlekken. Als Sheila wist dat haar dochter op school was aangevallen

– en dan nog wel door niemand minder dan Lilith Todd – zou ze totaal over de rooie gaan.

'Dat is lief, schat,' antwoordde Sheila, die niet merkte dat ze tegen een lege kamer aan het praten was.

Lilith zat op de hoek van haar bed en staarde naar het nummer dat op Kristofs visitekaartje gedrukt stond. Ze verzamelde al haar moed en drukte snel de cijfers in op haar mobieltje, voor haar besluit weer zou wankelen.

Ze hoorde de telefoon aan de andere kant overgaan. En overgaan. En overgaan. Ze was al bang dat ze zijn voicemail zou krijgen, toen ze plotseling de stem hoorde van een wat oudere man.

'Hallo?'

'Ik ben op zoek naar Kristof...?'

'Spreek je mee.'

Lilith werd nooit zenuwachtig van mensen. Voor haar stond nervositeit gelijk aan angst. En op de Van Helsings na, had ze niets van ze te vrezen. Tenslotte was ze sneller, sterker, dodelijker en knapper dan alle mensen, toch? Desondanks voelde haar mond om de een of andere reden kurkdroog aan toen ze begon te praten. 'Dit klinkt misschien vreemd, maar ik bel omdat u me uw kaartje heeft gegeven in de Dolce & Gabbana-boetiek op Madison...'

'Ah, ja! Het blonde meisje!'

Ze kon de glimlach in zijn stem horen.

'Zo, dus je bent van gedachten veranderd en wilt je

toch laten fotograferen?'

'Misschien kan ik binnenkort een keer langskomen in uw studio…?'

'Waarom niet vanavond?' stelde Kristof voor.

Lilith glimlachte, tevreden dat de fotograaf zo snel toehapte. 'Meent u dat?'

'Ik zeg nooit dingen die ik niet meen. Tenzij ik verliefd ben, natuurlijk,' zei Kristof met een lachje. 'En zelfs dan wacht ik tot het derde afspraakje. Vanaf morgen krijg ik het heel erg druk. Als je wilt dat ik foto's van je neem, moet het vanavond of anders helemaal niet.'

'Ik denk dat ik het wel red. Maar ik moet eerst weten waar u zit. Ik heb alleen een telefoonnummer.'

'Prima,' antwoordde Kristof. Hij noemde een adres in Tribeca. 'Trouwens, aangezien jij mijn naam kent, is het wel zo eerlijk als je de jouwe noemt.'

'Ik heet Lili…' Lilith stond op het punt om haar hele naam te noemen, maar bedacht zich en stopte nog net op tijd.

Als Kristof al merkte dat haar antwoord nogal abrupt eindigde, was dat in ieder geval niet te horen aan zijn stem. 'Ik wacht hier op je, Lili.'

Cally kwam precies op het moment dat de schoonmakers aan het afsluiten waren. Ze betaalde snel voor de was, die al op haar stond te wachten in het opklapbare boodschappenkarretje, waarin Sheila het de avond daarvoor gebracht had.

Ze duwde het zwaarbeladen karretje terug naar haar appartementengebouw, langs de laatste goedkope panden die nog niet waren opgekocht door projectontwikkelaars om ze te kunnen verbouwen tot veel te dure lofts. Cally bedacht hoe fijn het was dat ze eindelijk eens de stad in ging om gewoon lol te hebben, in plaats van dat ze drugsdealers moest bestelen om de elektriciteitsrekening te betalen of een nieuw paar schoenen te kopen. In het meest ideale geval was ze liever met Peter naar een club gegaan, maar dat was onmogelijk.

Plotseling stapte vlak voor haar een lange, magere man uit een donker portiek die haar de doorgang blokkeerde. Cally herkende hem meteen: Johnny Muerto, een van haar vroegere klasgenoten op Varney Hall – dat wil zeggen, als hij al op school kwam opdagen.

'Kijk eens wat we hier hebben, jongens,' zei Muerto met een akelig lachje. Hij gebaarde naar zijn maatjes, een stuk of zes, die nu ook uit het donker kwamen en haar de pas afsneden. 'Wat is er aan de hand, Oudje? Verdwaald op weg naar het winkelcentrum?'

Muerto was zo dun als een vogelverschrikker; zijn gezicht leek wel een schedel met alleen huid eroverheen getrokken. Een weerbarstige bos haar, zo zwart en glanzend als de veren van een kraai, hing tot op zijn schouders. Het gerucht ging dat Muerto eigenhandig een staak had gedreven door het hart van twee Oudjes die de ongelukkige keuze hadden gemaakt om bloed te scoren in Nieuwbloedterritorium.

'Waar heb je het over, Johnny?' vroeg Cally. 'Ik ben geen Oudbloed en dat weet je.'

Muerto trok zijn hagedissenlippen terug in iets wat meer op een grijns dan een glimlach leek en ontblootte daarbij zijn gelige bijttanden. 'Ik hoor dat je tegenwoordig naar Bathory Academy gaat.'

'En dat geloof jij?' kaatste Cally terug. Ze probeerde haar angst niet in haar stem te laten doorklinken. Ze was weliswaar goed in gevechten van man tegen man, en ze kon bovendien stormen en bliksem oproepen, maar zeven man tegelijk kon ze echt niet aan, en dat wisten ze.

'Nou, je hangt in ieder geval niet meer op Varney rond zoals vroeger, dus wat moet ik dan denken?'

'Het verbaast me dat je überhaupt denkt.'

'Ai. Dat doet pijn, Cally.' Muerto klopte met een kromme, klauwachtige vinger op zijn ribbenkast. 'Echt waar.'

Cally was even afgeleid en een onbetrouwbaar uitziend, ratachtig bendelid greep het karretje met was uit haar handen.

'Blijf af, engerd!' schreeuwde ze toen hij in haar spullen begon te graaien en kleren alle kanten op gooide.

'Muerto, moet je dit zien!' riep hij. Hij hield een uniformjasje van school omhoog.

'Geef terug!' Cally probeerde het jasje te pakken,

maar het resultaat was alleen maar dat de griezel haar bij haar arm greep.

Muerto wees op het embleem. 'Wat is dit? Ziet eruit als een grote B. Ik vraag me af waar die voor staat…?'

'Ik zei: geef terug, Johnny!' schreeuwde Cally.

'O, ik geef het heus wel terug,' zei Muerto. Hij zwaaide als een stierenvechter met het jasje in de rondte en hield het net buiten haar bereik. 'Maar eerst moet je me die kus geven die je me nog schuldig bent.'

Cally hief haar rechterhand en schoot uit haar handpalm een boog van elektriciteit naar het bendelid met zijn rattengezicht. Toen draaide ze zich om en vluchtte.

'Blijf daar niet zo staan!' riep Muerto. 'Grijp haar!'

Cally rende zo hard als ze kon, met de bende lachend en gillend achter haar aan. Ze wist wel beter dan om hulp te roepen. De gezinnen die in de schaduw van de Williamsburgbrug woonden, hadden al lang geleden geleerd dat het veiliger was om niks te horen en niks te zien van de dingen die na zonsondergang in hun buurt gebeurden.

Cally dook een steegje in tussen een paar met graffiti volgekladderde oude pakhuizen, maar halverwege het gangetje werd ze op de grond gegooid. Twee vlijmscherpe klauwen drongen diep in haar rug.

'Snel, bind haar handen vast!' gilde Muerto, die weer zijn menselijke vorm aannam. 'Ze kan geen bliksem oproepen als ze vastzitten op haar rug.'

Cally beet op haar onderlip toen een van hen een

knie in haar rug plantte en haar handen vastbond met een stuk ijzerdraad. Dankzij haar vampierachtergrond genazen haar ribben alweer, maar de pijn die ze voelde, was heel echt.

Twee bendeleden trokken haar overeind aan haar geboeide polsen en hielden haar tussen zich in.

'Wat jammer nou,' sneerde Muerto. 'Zoals mijn moeder altijd zei: "Al dat gefladder en dan sterven in het zicht van je kooitje." '

'Als je me wilt doden, doe het dan maar meteen,' siste Cally.

'Je doden? Denk je dat ik dat met je wil doen?' Muerto deed alsof hij verontwaardigd en verrast was. 'Het enige wat ik altijd al van je wil, is een kus. Eén klein kusje maar.' Muerto's tong flitste naar buiten, alsof hij als een slang de lucht proefde. 'De eerste keer dat ik het probeerde, gaf je me een stomp in mijn keel en schopte je me in mijn ballen. De tweede keer braadde je me zowat en rende vervolgens weg. Waarom? Vind je me dan zo ontzettend lelijk? Of is het omdat je vindt dat je zo veel beter bent dan ik? Is dat het? Ik had heel goed voor je kunnen zijn, Cally. Héél goed. Maar nou sta ik op het punt om heel vervelend te doen. En als ik klaar ben met jou, lekkertje, dan zullen mijn jongens nóg vervelender doen.'

Plotseling werd het steegje hel verlicht door oogverblindend felle xenonkoplampen. Muerto hief instinctief zijn luciferdunne armen om zijn lichtgevoelige ogen te beschermen. Cally zag de omtrek van een auto, die het steegje achter de bendeleden blokkeerde.

'Laat het meisje gaan,' zei de chauffeur terwijl hij uit de auto stapte. Zijn stem was diep, met een duidelijk mediterraan accent.

'Je bent in spietsergebied, klootzak! Rot op!' grauwde Muerto.

De passagier stapte uit de auto en sprak met een stem zo hard als staal: 'Hij zei: laat dat meisje gaan!'

'En wie zegt dat?' siste Muerto, die uitdagend zijn bijttanden liet zien.

'Ik,' antwoordde de passagier.

De chauffeur reikte in de auto en zette de koplampen uit, waardoor twee mannen zichtbaar werden. Beiden waren ze gekleed in de donkere pakken, zwarte overhemden en rode zijden dassen van de Strega.

De chauffeur leek begin dertig en had een enorm hoofd, en handen zo groot als honkbalhandschoenen. Zijn passagier was een stuk jonger, maar zijn zelfverzekerde houding leek die van een veel oudere man.

Een uitdrukking van angst gleed over Muerto's gezicht en zijn bleke huid werd nog witter. 'Duizendmaal excuus, meneer! Ik had niet door dat u het was.'

'Dat is wel duidelijk, idioot,' snauwde de jongere man. 'Doe nu wat ik je zeg en laat dat meisje gaan. Ze is een vriendin van de familie.'

'Vergeef ons, meneer! We hadden geen idee,' zei Muerto smekend terwijl hij Cally's handen losmaakte.

'Als ik je stem wil horen, Muerto, dan stel ik je wel een vraag. En haal nu haar spullen.'

'Ja, meneer. Meteen, meneer.'

'Nu!'

Muerto en zijn bendeleden krijsten van angst en kozen onmiddellijk het hazenpad; ze deden Cally opeens denken aan de vliegende apen in *The Wizard of Oz*.

'Is alles goed met u, juffrouw Monture?' vroeg de jongere man.

'Ja, ik geloof het wel. Maar hoe komt u aan mijn naam? Hebben we elkaar eerder ontmoet?'

'Nee. Maar ik weet wie jij bent, Cally,' zei de vreemdeling met een warme glimlach. 'Mijn zussen doen namelijk niets anders dan over jou praten, de laatste paar dagen.'

'Je zussen…?'

Hij liet zijn vingers door zijn goed gekapte haar glijden en trok de revers van zijn Armani-pak recht. 'Mag ik me aan je voorstellen: ik ben Faustus Maledetto. Maar je mag me Lucky noemen. En dit is mijn chauffeur, Bava.'

'Maledetto? Dus jij bent Bella's en Bettes…?'

'Oudere broer?' Hij lachte en knikte. 'Ja, dat ben ik. Ik was toevallig op weg voor zaken, toen ik je, eh… penibele situatie zag.'

'Hoe wist je dat ik het was?'

'Ik zag de bliksem,' legde hij uit. 'Er zijn geen andere jonkies in de stad die zoiets kunnen.'

Cally trok verbaasd haar wenkbrauwen op. 'Dus je vader heeft je ook al over mij verteld?'

'Natuurlijk,' antwoordde Lucky. 'We zitten immers allemaal in het familiebedrijf.'

Er klonk een hard ratelend geluid. Cally draaide zich om en zag Johnny Muerto de steeg in lopen.

Hij duwde het waskarretje zo hard hij kon voor zich uit. 'H...h...hier zijn de kleren, meneer.'

'Je moet ze niet bij mij brengen, idioot! Ze zijn van haar,' zei Lucky, met een knipoog naar Cally.

'Sorry, meneer,' zei Muerto schaapachtig en hij draaide zich om naar Cally. 'Ik bedoel, sorry juffrouw. Ik heb ze zo goed mogelijk opgevouwen...'

Lucky stapte naar voren en greep Muerto achter in zijn nek. 'Luister goed, Muerto, want ik ben niet van plan dit nog eens te herhalen: dit meisje staat onder bescherming van de Strega. Als jij of een van je zielige aanhangers ook maar naar haar kíjkt, trek ik je kop eraf, begrepen?'

'J...j...ja, meneer,' stamelde Muerto.

'Mooi.' Lucky duwde de bendeleider opzij en haalde een rode zijden zakdoek uit zijn zak om zijn handen aan af te vegen. 'En maak nu dat je wegkomt.'

'Ja, meneer.' Muerto boog terwijl hij achterwaarts het steegje uit liep. 'U bent heel genadig, meneer.'

'Ik verafschuw die kleine *scarafaggio*,' siste Lucky terwijl hij Muerto naar de rest van zijn bende terug zag schuifelen. 'Als het aan mij lag, zou ik hem vernietigd hebben.' Hij draaide zich om naar zijn chauffeur en wees naar het karretje met was. 'Bava, zet de spullen van juffrouw Monture in de achterbak.'

'Hé? Wat doe je nou?' vroeg Cally toen Lucky's ondode bediende de achterklep van de Lexus openmaakte.

'Je hoeft niet te schrikken,' verzekerde Lucky haar. 'Het minste wat ik kan doen, is je even naar huis brengen.'

Cally wist niet zeker of ze Lucky's aanbod moest aannemen. Hij was weliswaar de oudere broer van haar vriendinnen, maar hij was ook lid van de Strega en dus een zeer gevaarlijke man. En trouwens, ze had een vriendje, ook al kon ze tegen niemand zeggen dat hij bestond. Peter zou het misschien niet erg op prijs stellen als ze een lift aannam van deze knappe jongeman.

Toch was er iets aan Lucky Maledetto dat haar intrigeerde. Cally keek even op haar horloge. Ze was al aan de late kant en de man hád haar zojuist gered. In die omstandigheden zou het wel erg onbeleefd zijn om zijn aanbod af te wijzen, toch?

'Zo, je bent er weer, veilig thuis,' zei Lucky, die zich omdraaide en naar Cally glimlachte.

'Bedankt voor de lift, Lucky.'

'Geen moeite, hoor. Het is prettig om eindelijk een gezicht bij de naam te hebben. Je bent nog knapper dan mijn zusjes zeiden.'

'Dank je.' Cally voelde dat haar wangen rood werden.

'Ik ben ook blij dat we elkaar vanavond ontmoet hebben, Lucky. Ik weet niet wat er gebeurd zou zijn als jij
niet was langsgekomen.'

'Ik ben gewoon blij dat ik kon helpen, da's alles. Maar,
eh... nu we het er toch over hebben, waarom laat je dat
soort boodschappen niet door een van jullie ondoden
doen, in plaats van zelf naar buiten te gaan en risico te
lopen?'

'Het is nogal lastig om ondode bedienden te hebben als je in een driekamerappartement woont, ben ik
bang.'

'Sorry, dat was niet erg gevoelig van me,' verontschuldigde hij zich. 'Ik vergeet wel eens dat niet iedereen de levensstijl heeft die wij hebben, zelfs niet degenen met een Oudbloedstamboom. Ik kan Bava je wel
even laten helpen om de was naar je appartement te
brengen, als je wilt.'

'Nee, nee! Dat is echt niet nodig,' antwoordde Cally
terwijl ze uit de auto stapte. 'Je hebt al meer dan genoeg
voor me gedaan. Doe alsjeblieft de groeten aan je familie.' Toen Cally zich omdraaide om het gebouw in te lopen, keek ze even naar boven en zag het gordijn voor het
raam van de woonkamer plotseling op zijn plek vallen.

O nee.

Haar moeder stond vlak achter de deur op haar te
wachten. 'Waar ben jij mee bezig, dat je je inlaat met
de Strega?'

'Je bespioneert me, hè?' antwoordde Cally boos.

'Het is geen spioneren als ik toevallig uit het raam kijk!' katte Sheila terug. 'En je hebt me nog niet verteld hoe het komt dat je uit een auto vol Stregatuig stapte.'

'Het is geen tuig!' antwoordde Cally. 'Of in elk geval niet allemaal.'

'Die man die ik het wasgoed uit de kofferbak zag halen, is dat degene met wie je steeds afspreekt?'

Cally rolde vol afschuw met haar ogen. 'Je maakt een grapje zeker? Denk je nou echt dat ik voor zo'n vent zou vallen? En trouwens, dat is een ondode!'

'En die jongen die naar je zwaaide dan? Wie is dat? De zoon van Vinnie Maledetto?'

'En wat dan nog?' zei Cally gepikeerd terwijl ze het waskarretje door de gang trok. 'Lucky heeft me een lift naar huis gegeven, dat is alles. Hij deed gewoon aardig omdat ik bij zijn zussen op school zit.'

'Laat jij je in met de kinderen van Vinnie Maledetto?' bracht Sheila met een geschokt gezicht uit.

'Duh, ja! Ze zijn mijn vriendinnen, mam. Bella en Bette, weet je nog? Ik ben gisteren met ze naar Bergdorf geweest.'

'Je hebt me alleen hun voornamen verteld!' protesteerde Sheila. 'Je hebt nooit gezegd dat ze Maledetto heten!'

'Ik dacht niet dat het iets uitmaakte,' bromde Cally. Ze haalde de opgevouwen was uit het karretje en legde die op haar bed. 'Als je nou eens half zo veel aandacht besteedde aan mij als je doet aan die belachelijke vampierfilms, dan zou je weten wat er speelt in mijn leven.'

'Naar hem ga je dus steeds stiekem toe, hè?' zei Sheila op beschuldigende toon. 'Die jongen van Maledetto! En niet liegen. Ik weet dat het waar is!'

Met de jaren had Cally wel geleerd dat het veel makkelijker was om haar moeder te vertellen wat ze wilde horen dan om te proberen haar van de waarheid te overtuigen. Bij de zeldzame gelegenheden dat haar moeder zich geroepen voelde om zich met Cally's leven te bemoeien, was ze net een terriër die achter een rat aan zat. Het was handiger om haar een leugen te laten geloven dan het risico te lopen dat ze achter de waarheid kwam.

'Oké,' zuchtte Cally. 'Ja! Ik knijp er stiekem tussenuit om Lucky Maledetto te zien. Alsjeblieft. Ben je nu tevreden?'

De opgewonden uitdrukking op Sheila's gezicht veranderde nu in een angstige blik. 'Cally, je moet me beloven dat je die jongen nooit meer zult zien! En je mag ook niet meer bevriend zijn met zijn zussen. Vincent Maledetto is de gezworen vijand van je vader,' zei Sheila. 'Er is een vendetta tussen jullie bloedlijnen!'

'Wat heeft dat met mij te maken?' snauwde Cally. 'Ik weet niet eens wie mijn vader is.'

'Cally, je moet me geloven! De Maledetto's zijn niets meer dan een stelletje moordenaars en dieven.'

'Dat kan zo zijn,' antwoordde Cally terwijl ze zich uit

haar moeders greep lostrok, 'maar Vinnie Maledetto is tenminste geïnteresseerd in het leven van zijn kinderen, oké? Hij geeft om ze! Dat is meer dan ik kan zeggen van mijn vader... Wie hij dan ook is!'

'Maar je vader...'

'Mijn vader mag van mij liggen rotten in de hel, kan mij het schelen,' bitste Cally. 'Als hij wil dat ik uit de buurt van de Maledetto's blijf, komt hij maar een keer van zijn luie reet af om het me zelf te vertellen, recht in mijn gezicht. En anders kan hij opsodemieteren! Ga maar weer naar je film kijken, mam. Ik ga me omkleden.'

'Maar...'

'Ga mijn kamer uit!'

Sheila kromp zichtbaar in elkaar en haastte zich toen uit Cally's kamer. Cally sloeg de deur achter haar dicht.

Sheila stak de gang over naar haar slaapkamer en deed de deur achter zich op slot. Ze ging op haar bed zitten en pakte de telefoon. In de bijna zeventien jaar sinds hij bij haar weg was gegaan om naar zijn vrouw terug te keren, had ze hem maar één keer gebeld: om hem te vertellen dat Cally's oma was overleden.

Na vijf keer overgaan klonk aan de andere kant van de lijn een geaffecteerde, Britse stem. Natuurlijk, de butler.

'Curtis? Ik ben het, Sheila. Zeg tegen hem dat we een probleem hebben.'

HOOFDSTUK 5

'Daar ben je, prinses!'

Lilith was net op weg naar buiten toen haar vader haar riep. 'Wat is er, pap?' zuchtte ze.

Victor Todd keek naar de paarse, nauwsluitende wollen jurk met zwart-witte leren biezen en de Louboutinpumps met rode zolen die zijn dochter droeg. 'Heel mooi,' zei hij en hij knikte goedkeurend. 'Ga je met Jules uit vanavond?'

'Ik heb met hem afgesproken in de Belfry,' zei Lilith. Het was niet echt een leugen, maar het was ook niet helemaal waar. Ze keek even op het Patek Philippe-horloge om haar pols. 'Wilde u me iets vragen, pap? Want ik moet nog ergens naartoe en ik ben al aan de late kant...'

'Ik wilde je er alleen aan herinneren dat je moeder uit Monte Carlo overkomt voor je debuut op het Grote Bal. Haar vlucht komt als het goed is voor zonsopgang aan op JFK.'

'Geweldig,' kreunde Lilith, die niet erg opgetogen was over dit nieuws. 'Ik kan niet wachten.' Ze keek onderzoekend naar haar vader. Hij wist nog steeds niet dat ze de waarheid over Cally kende, en Lilith was van plan dat zo lang mogelijk zo te houden.

Tot aan het moment dat ze haar zusters bloed geproefd had, was Lilith tevreden geweest met de rol die haar familie voor haar had uitgekozen. Maar nu wist ze dat haar vader tegen haar gelogen had vanaf het moment dat ze was geboren. Dat hij haar aan het lijntje had gehouden met beloftes van macht en privileges. Ze voelde zich als een sneue bloedprop die zich had laten overhalen om haar bloed af te geven in ruil voor onsterfelijkheid, om er vervolgens achter te komen dat dat een eeuwigheid van dienstbaarheid betekende. Het was niet meer dan eerlijk dat ze hem terugpakte door hem stiekem dwars te zitten. En het was gemakkelijker om de situatie te manipuleren als ze haar hand niet overspeelde.

Verder genoot ze gewoon van het gevoel dat ze kreeg omdat ze iets wist wat haar vader niet wist. Het maakte dat ze zich machtig voelde.

'O trouwens, pap, ik vergat het bijna te zeggen, maar ik had gisteren een soort aanvaring met de Maledetto-tweeling.'

Victors glimlach verdween. 'Waar?'

'Bergdorf.'

'Waren ze alleen?'

Lilith schudde haar hoofd. 'Melinda en die Nieuwbloed waren er ook bij.'

'Welke Nieuwbloed?' vroeg Victor met een vorsende blik.

'U weet wel, die stormverzamelaar over wie ik u verteld heb,' antwoordde Lilith nonchalant. 'Degene door wie Tanith dood is.'

'Gaat die Nieuwbloed om met de Maledetto's?'

Lilith moest oppassen dat ze niet begon te giechelen. Haar vader probeerde zó hard te doen alsof hij haar niet zat uit te horen. Aan zijn boze blik te zien was hij tot nu toe niet op de hoogte geweest van de vriendenkeuze van zijn liefdesdochter.

'Ze zijn dikke maatjes. Een van de chauffeurs van de Maledetto's zet dat groentje zelfs bij school af en brengt haar weer thuis.'

'Wat moet Vinnie Maledetto van dat meisje?' peinsde Victor hardop. Hij fronste zijn voorhoofd zo erg dat het in elkaar gevouwen leek te worden.

Curtis verscheen plotseling in de deuropening. 'Sorry voor de onderbreking, meester, maar er is een dringend telefoontje voor u. Het gaat om de afdeling in Williamsburg.'

'Zeg maar dat ik eraan kom.' Victor draaide zich weer om naar Lilith en glimlachte flauwtjes. 'Sorry, prinses… Ik ben bang dat het werk roept. Ik hoop dat je je vermaakt vanavond.'

'Maakt u zich geen zorgen, pap.' Ze glimlachte. 'Dat doe ik nu al.'

De taxi stonk vreselijk en de chauffeur was zo lelijk dat naast hem zelfs een Orlock er nog knap uitzag, maar Lilith durfde voor haar uitstapje naar Tribeca niet de familiechauffeur te gebruiken.

Toen ze in de lift stond van het zes verdiepingen hoge bakstenen pakhuis dat verbouwd was tot lofts voor effectenmakelaars, advocaten en in ieder geval één modefotograaf, kon ze de verleiding niet weerstaan om het roestvrijstalen oppervlak van de liftdeuren te gebruiken om nog een laatste keer haar make-up bij te werken.

'Welkom in mijn nederige stulpje,' zei Kristof glimlachend toen hij de deur opendeed.

'Wauw,' verzuchtte Lilith. Ze keek omhoog naar het zes meter hoge plafond van de woonkamer annex werkruimte van de fotograaf. 'Ik heb nog nooit een loft gezien waar gewoond én gewerkt wordt.'

'Je bedoelt dat je nog nooit in een echte loft geweest bent.' Kristof grinnikte en hielp haar uit haar zwarte leren jas. 'Ik woonde hier al voordat Tribeca hip werd. De aannemers hebben hun verbouwingswerk om mij heen moeten doen.'

Lilith liep door de enorme ruimte, die vol stond met achtergronddoeken, camera's, statieven, lampen en flitsparaplu's. Ze bleef staan voor een kledingrek op wielen, waaraan allerlei kostuums, hoeden en andere accessoires hingen. 'Doet u al uw werk hier?' vroeg ze.

'Alleen privéshoots, zoals voor vrienden of modellen die me inhuren om hun comp cards te maken. Je weet wel, hun visitekaartjes, zeg maar,' legde hij uit toen hij de niet-begrijpende uitdrukking op het gezicht van zijn gast zag. 'Oké, vertel eens wat over jezelf, Lili…'

'Zoals wat?' vroeg ze. Ze trok een veren boa uit het rek en drapeerde die om haar nek.

'Wat dacht je van je achternaam, om mee te beginnen?' stelde Kristof voor. Hij pakte een van zijn camera's.

'Mijn achternaam?' Lilith verstijfde. Ze hield haar gezicht zorgvuldig van hem afgewend, zodat hij de paniek in haar ogen niet kon zien. Ze durfde hem niet haar echte naam te geven. Maar ze kon zichzelf ook niet Smith of Jones of zoiets doms noemen. Het moest echt klinken, maar niet zo opvallend zijn dat het makkelijk te traceren was. Plotseling wist ze het. 'Die is Graves. Lili Graves.' Tanith zou het vast niet erg vinden dat Lilith haar achternaam gebruikte, als een soort geheime ode aan haar.

'Aangenaam kennis met u te maken, juffrouw Graves,' antwoordde Kristof en hij maakte een foto van haar met de veren boa om haar schouders. 'Ben je al eerder gefotografeerd?'

'Nooit.'

Kristof bedoelde natuurlijk of ze wel eens voor een

professioneel fotograaf had geposeerd, maar in dit geval sprak Lilith de oprechte waarheid. Ze was bijna zeventien, maar er waren geen babyfoto's van haar, geen vakantiekiekjes van skitrips in de Alpen, geen polaroids van verjaardagsfeestjes, geen videofilmpjes van hoe ze Lange Nacht vierde, de belangrijkste feestdag op de vampierkalender. Er was geen enkel fotografisch bewijs waaruit haar bestaan kon worden afgeleid. Niets, nada, nul.

'Ben je student?'

'Ja.'

'Hunter of New York University?'

Hij denkt dat ik een collegestudent ben! Lilith moest haar mondhoeken omlaag dwingen om niet te glimlachen. 'Columbia.' Ze sloeg haar armen over elkaar en keek hem vragend aan.

Weer maakte hij een foto.

'Zijn we al begonnen?'

'Niet echt,' gaf Kristof toe. 'Hoe oud ben je? Achttien? Negentien?'

'Achttien.' Dat was natuurlijk alweer een leugen, maar wat maakte eentje meer uit, na al die andere?

'Ben je nieuw in de stad?'

'Nee, ik woon hier al mijn hele leven… Hé, bent u van plan om door te gaan met dat vragenspelletje?' vroeg ze ongeduldig. 'Want ik vind het echt niet prettig om op dit moment nog meer over mezelf te vertellen. De enige reden dat ik u gebeld heb, is omdat ik u laatst zag met dat model. Toen realiseerde ik me pas dat u echt een fotograaf bent en niet een of andere viezerik.'

'Ik begrijp het. Je bent een erg mooi meisje. Het is een gevaarlijke wereld. Je zult wel vaker worden aangesproken door vreemde mannen,' zei Kristof gladjes. In zijn stem klonk een vleugje bewondering. 'Wanneer ik een shoot doe met iemand die ik nog niet eerder gefotografeerd heb, maak ik altijd eerst een paar kiekjes om gevoel te krijgen voor hoe zo iemand beweegt en zich gedraagt. De vragen zijn alleen maar een middel om het ijs te breken en je te leren kennen, voordat ik je allerlei aanwijzingen begin toe te schreeuwen en een enorme lens in je gezicht duw. Hm, dus je was laatst bij de show in Bergdorf? Grappig, ik heb je daar helemaal niet gezien.'

'Dat verbaast me niks. U was compleet gefocust op dat wijf, Gala.'

Kristof liet zijn camera zakken en trok één wenkbrauw op. 'Ken je haar dan?'

'Nee,' zei Lilith snel. 'Maar ik hoorde haar in de toiletten praten met een meisje dat haar om poseertips vroeg. Ze deed nogal gemeen tegen haar.'

'Ach ja, de modewereld zit vol met diva's, zowel voor als achter de camera.' Kristof zuchtte. 'Oké, waarom gaan we niet serieus aan de slag?' Hij wees naar een hoek van de loft, waar voor de bakstenen muur een witte achtergrond stond opgesteld.

'Wat wilt u dat ik doe?' vroeg Lilith.

'Blijf daar eerst gewoon maar even staan tot ik het licht heb ingesteld,' antwoordde hij.

Toen Kristof de felle spot boven haar aanzette, hief Lilith instinctief een hand om haar ogen te beschermen. 'Is dat echt nodig?' vroeg ze.

'Wel als je wilt dat je meer wordt op de foto dan alleen een schaduw. En trouwens, je hebt echt prachtig haar en de meest bijzondere ogen die ik ooit heb gezien, dus ik wil dat die delen goed uitkomen op de foto's.'

'Meent u dat?' vroeg Lilith. Normaal gesproken kwam alleen regelrechte verafgoding bij haar binnen, maar er was iets met Kristof waardoor zelfs het kleinste compliment voelde alsof hij haar de hemel in prees.

'Hou dat gevoel vast, wat het ook is,' zei Kristof opgewonden. Snel bracht hij de camera weer omhoog. 'Je gezicht lijkt wel te gloeien! Het is zo verschrikkelijk echt...'

'Echt waar?'

'Ik heb je toch gezegd: ik lieg nooit, behalve wanneer ik verliefd ben, en zelfs dan pas op het derde afspraakje.'

'U bent verschrikkelijk!' giechelde ze.

'Dat is het! Gooi je haar maar naar achteren... Laat me dat prachtige haar van je eens zien vliegen!' Kristof reikte naar voren en zette de ventilator aan die naast hem stond. Hij richtte hem zo dat de luchtstraal als een zacht zomerbriesje door Liliths honingblonde lokken blies. 'Oké, Lili… Ik wil dat je je voorstelt dat er een onzichtbare draad aan je vastzit die je hoofd naar achteren en je kin omhoog trekt. Nee, hoger. Hoger. Dat is hem! Stop! Perfect! Moet je die prachtige lange nek zien…'

Lilith nam pose na pose aan, gooide haar hoofd naar achteren, verplaatste haar gewicht van de ene heup naar de andere en bleef staan in asymmetrische houdingen, net zoals ze de modellen op *Bravo* en *E!* had zien doen. Eerst voelde ze zich nog een beetje dom en erg bewust van zichzelf, maar toen Kristof haar bemoedigende woorden toeriep, begon ze meer en meer vertrouwen te krijgen.

'Goed zo, meisje… Gebruik die boa. Zo gaat het goed, geweldig shot! Prachtig! Speel met die boa. Ja, zo! Prima. Oké, nu wil ik dat je blijft spelen met de boa terwijl je heen en weer loopt… Ja zo! Blijf bewegen. O ja, daar hou ik van! Niet aan jezelf twijfelen, ga ervoor. Heel even wachten, lieverd…' Hij sprintte naar het kledingrek en kwam terug met een parasol van papier. 'Hier, ruil die boa eens om voor deze.'

'Wat moet ik er dan mee doen?'

'Wat je maar wilt… Gebruik je fantasie!'

Lilith fronste even, opende toen de parasol en begon voorzichtig te lopen, stapje voor stapje, alsof ze een circusacrobaat was die hoog boven de piste over een strakgespannen koord liep. Ze kon bijna het zaagsel ruiken en de gezichten zien van het publiek dat van beneden ademloos toekeek.

'Perfect! Helemaal perfect,' kraaide Kristof terwijl hij zich op één knie liet zakken. 'Oké, draai nu je gezicht naar mij toe, zo langzaam dat ik het niet eens merk. Niet je neus optrekken... Hou je gezicht ontspannen. Ja, zo!'

Normaal gesproken verafschuwde Lilith het wanneer mensen haar zeiden wat ze moest doen, maar als Kristof zei dat ze haar arm moest bewegen of haar benen anders moest neerzetten, vond ze dat helemaal niet erg. Ze volgde zijn instructies zelfs heel precies op. Om de een of andere reden leek het belangrijk om hem tevreden te stellen, ook al begreep ze niet hoe dat kwam.

Toen ze haar ingebeelde koorddans-act beëindigde met een kleine kniebuiging naar haar publiek, verbraken de eerste maten van *Freeze Frame* plotseling de stilte. Kristof voelde in zijn zak en haalde er een mobieltje uit.

'Wil je me een moment excuseren, alsjeblieft?' zei hij verontschuldigend. 'Ik moet dit telefoontje even nemen. Hallo...?' De aderen op de slapen van de fotograaf leken twee keer zo dik te worden terwijl hij luisterde naar de beller. 'Wat?!' Hij keek in gefrustreerd ongeloof op naar het hoge balkenplafond. 'Je maakt een grapje, zeker? Wanneer is dat gebeurd? Uh-huh. Alles goed met haar? Wat zeiden de artsen...? Oké, geen wonder dat ze van de trap is gevallen. Karl, ik heb de mensen voor haar en make-up al geboekt! En de huur voor de studioruimte krijg ik nooit terug. Jij weet net zo goed als ik wat de deadlines zijn. We kunnen echt niet wachten tot ze zover is en dan nog binnen de tijdslimiet blijven. En op deze korte termijn een ander model vinden, is onmogelijk...' Kristof pauzeerde even en keek over zijn schouder naar Lilith, die deed alsof ze niet zijn gesprek aan het afluisteren was.

'Is er iets mis?' vroeg Lilith met een zo onschuldig mogelijk gezicht.

'Blijf even hangen, Karl... Ik denk dat ik iemand weet die we kunnen gebruiken. Een heel nieuw gezicht en supernatuurlijk voor de camera. Of ze mooi is? Ze blaast je van je sokken! Ze heeft niet de Malibu-barbielook van Gala, maar ze is stijlvol. Heel stijlvol. Wat als we de shoot nou een paar dagen verzetten? Ik mail je de foto's die ik tot nu toe genomen heb en dan kun jij besluiten of je het met haar wilt proberen, of je kunt via de bureaus een ander model proberen te regelen. Uh-huh. Geweldig! Dan spreek ik je morgen.'

Kristof klapte het mobieltje dicht, draaide zich om en grijnsde naar Lilith. 'Dat was de vertegenwoordiger van Maison d'Ombres in de Verenigde Staten. Moet je horen. Je vriendinnetje Gala heeft gisteravond LSD gebruikt en is toen van de trap gevallen. Ze is de komende drie maanden niet beschikbaar. Kijk, ik snap dat dit erg kort dag is, en niet te vergeten een enorme stap voor jou... maar ik meende het serieus toen ik tegen hem zei dat je een natuurtalent bent. Je hebt niet alleen de looks, Lili, je hebt het vúúr. Ik zie het in je ogen. Je bent ervoor geboren om voor de camera te staan.'

'Vindt u me echt zo goed?' vroeg Lilith, die deed alsof ze aarzelde.

'Prinses, je bent zo veel meer dan goed, dat het gewoon griezelig is. Zeg me alsjeblieft dat je de baan aanneemt, Lili.'

'Oké, ik doe het.' Oorspronkelijk was ze van plan geweest om haar hypnosekrachten te gebruiken om Kristof ertoe over te halen haar het modellenbaantje te geven.

Het was prettig om te weten dat ze niet hoefde te vertrouwen op het schaamteloos beïnvloeden van zijn geest om te krijgen wat ze wilde.

Lilith kon zich niet herinneren wanneer ze voor het laatst zo gelukkig was geweest. De mix van opwinding en genot die ze voelde, was beter dan winkelen, seks en bloed drinken tegelijk. Zelfs in de spiegel kijken viel in het niet bij de roes die ze kreeg van het staan voor de camera.

Maar de grootste opwinding werd veroorzaakt door het doen alsof ze niet langer Lilith Todd, superrijke vampierdebutante, was, maar Lili Graves – een meisje zonder geschiedenis of verleden, maar met een wereld aan grenzeloze mogelijkheden vóór zich. Als Lili Graves was ze vrij om te zijn wat ze maar wilde; zelfs een mens.

'Ik ga een drankje halen,' kondigde Sergei aan. 'Willen jullie ook nog iets?'

Jules knikte en gaf hem zijn met bloed bevlekte glas. 'Ja, een scotch graag.'

'Voor jou alles, vriend.' Sergei lachte een beetje scheef.

Zodra Sergei buiten gehoorsafstand was, leunde Carmen naar de andere kant van de divan. Haar halterjurkje van groene jersey bood Jules ongehinderd zicht op haar decolleté. 'Ik dacht dat hij nooit zou gaan,' spinde ze terwijl ze een hand op Jules' dijbeen legde.

Hij schoof ongemakkelijk heen en weer, maar haalde haar hand niet van zijn been af.

'Ik wacht al de hele tijd op het juiste moment om je dit te vragen…'

'Wat wilde je me vragen?'

'Wat denk je, slome?' antwoordde Carmen koket. 'Wil je me naar het Grote Bal escorteren?'

'Nee.' Het antwoord was zo kaal en hard als een biljartbal.

Carmen trok haar hand terug. De uitdrukking op haar gezicht was er een van totaal ongeloof. 'Wát zei je?'

'Ik zei: nee, als in: ik wil je niet begeleiden naar het Grote Bal.'

'Maar… ik dacht dat je me leuk vond!' Carmens stem trilde en dreigde te breken.

'Ik vind het leuk om met je te neuken,' sneerde Jules.

'Je moet die twee nooit door elkaar halen, oké?'

Carmen stond op en ging er snel vandoor. Jules zuchtte van opluchting.

'Waar is Carmen nou heen?' vroeg Sergei toen hij terugkwam met de drankjes.

'Naar het toilet,' zei Jules. 'Ik geloof dat ze nogal overstuur is. Ik heb namelijk net gezegd dat ik niet met haar naar het Bal wil.'

Sergei schudde vol walging zijn hoofd. 'Meiden! Die zijn echt niet te snappen… Zeker niet in dit land. De meisjes hier worden veel te veel beïnvloed door de menselijke media. De Stichters hadden het juist gezien: je kunt veel beter een harem houden. Op die manier hoef je je geen zorgen te maken dat een vrouw te veel macht over je krijgt.'

'Ben je gestoord?' Jules lachte. 'Als ik meerdere bruiden had, zou ik voortdurend bezig zijn ruzies te sussen. Dan had ik helemaal nooit rust aan m'n kop.'

'Over ruzies gesproken: waar is Lilith eigenlijk?' vroeg Sergei.

'Ze zei dat ze me wel bij de club zou zien, maar ze heeft niet gezegd hoe laat. Ze moest eerst nog iets doen.'

Sergei zette zijn drankje neer en keek de ruimte door. 'Ik zat eraan te denken om eens te gaan kijken bij die nieuwe vipclub waarover ik van een vriend heb gehoord. Ga je mee?'

'Tuurlijk,' antwoordde Jules met glimmende ogen. 'Hoe heet die club?'

'De Viral Room.'

'Laten we met mijn limo gaan,' zei Jules. 'Heb je het adres?'

Toen Carmen terugkwam van de damestoiletten, waren Sergei en Jules weg. Ze zocht haastig de dansvloer af, maar zag ze niet. Toen het tot haar doordrong dat ze was gedumpt, begon Carmen te hyperventileren, waardoor haar borstkas heftig op en neer ging.

Een volgens het boekje geklede hippe jongen leunde naar voren en tikte op haar schouder. 'Hé, dame… Alles oké?'

Carmen kreeg haar ademhaling meteen weer onder controle en glimlachte. Ze wond een van haar rode krullen om haar vingers. 'Nu wel, lieverd.'

De twintiger in zijn designerjeans en T-shirt met een of andere slogan erop leek niet echt op Jules, zelfs niet als ze haar ogen een beetje dichtkneep, maar Carmen besloot dat hij goed genoeg was als plaatsvervanger om haar woede op af te reageren.

Haar prooi, die zich gedroeg als de totale idioot die de meeste mannen blijken te zijn wanneer een ongelooflijk sexy, maar onbereikbaar meisje ook maar enige interesse in hen toont, grijnsde van oor tot oor.

De arme sukkel dacht dat hij gescoord had.

HOOFDSTUK 6

De Viral Room was een twee verdiepingen grote club in het trendy Meatpacking District. Zodra ze binnen waren, liepen Jules en Sergei naar de lounge op het balkon, die uitkeek over een grote vierkante dansvloer die werd verlicht met volgspots.

'Hm, het bevalt me hier wel,' zei Jules terwijl hij de ruimte vol schaars geklede vrouwen en giechelige schoolmeisjes overzag. Zijn ogen werden groot toen hij een goedgeklede jonge Aziatische man zag praten met een oudere zwarte man met dreadlocks tot aan zijn middel. 'Hooo, zijn dat wie ik denk dat het zijn?'

'Ja, dat zijn weeren,' zei Sergei instemmend. 'Volgens mij runt de vader van die jonge gozer de weertijgers in Chinatown. Die weerleeuw ken ik niet.'

Terwijl ze met elkaar spraken, keek de weertijger omhoog naar het balkon. Weeren en vampiers waren weliswaar verre familie van elkaar, maar de verhouding tussen de soorten was zeer gespannen. De weertijger bestudeerde de twee vampierjonkies even en ging toen weer verder met zijn gesprek. Jules liet een zucht van opluchting ontsnappen en vervolgde zijn onderzoek naar de clientèle van de Viral Room.

'Wauw, wie is die schoonhied?' vroeg Sergei. Hij stootte zijn vriend aan.

Jules keek waar Sergei naar wees, en voelde dat zijn hart sneller ging kloppen. 'Dat is dat nieuwe meisje op Bathory.' Hij probeerde de opwinding in zijn stem te verbergen. De laatste keer dat hij Cally Monture gezien had, droeg ze haar gympakje en had ze geprobeerd ongemerkt uit de Ruthven Jongensschool te sluipen. Vanaf het moment dat hij haar in haar fonkelende groene ogen gekeken had, had hij zich tot haar aangetrokken gevoeld. Het was leuk om haar een beetje te plagen.

'Bedoel je dat zij er een van ons is?'

'Niet helemaal.' Jules haalde zijn schouders op. 'Ze is een Nieuwbloed.'

'Oké, hou je rustig en kijk toe hoe de meester zoiets aanpakt,' zei Sergei met een verlekkerde grijns. 'Het schijnt dat Nieuwbloedmeisjes supermakkelijk zijn en wild in bed. Degene die het eerst scoort, wint.'

Terwijl Cally wachtte tot Melinda terugkwam met hun drankjes, keek ze de bomvolle nachtclub rond. Ze droeg het zwarte zijden minirokje versierd met rode bloemen dat ze net vermaakt had, een zwart shirt met lange mouwen en een col, en een paar suède afzaklaarzen van Marc Jacobs, die ze bij een liefdadigheidsverkoop gescoord had. Ze voelde een tikje op haar schouder. Ze draaide zich om en zag een jonge man naast zich staan.

Hij had donkere ogen en schouderlang haar, en droeg een strakke leren broek en een kort leren jackje. Hij hield een mobieltje in zijn hand. 'Sorry, jongedame. Maar er is geloof ik iets mis met mijn telefoon...'

'Zoals wat?'

'Jouw nummer staat er nog niet in,' antwoordde hij met een brede glimlach die zelfs het slipje van de koudste ijsprinses zou laten wegsmelten.

'Lekkere openingszin, Romeo.' Cally lachte. 'Waarom probeer je hem niet uit op iemand die meer jouw type is, hè? Een van hen misschien?' Ze wees naar een tafel waar een stel *Sex and the city*-fans troebele martini's met watermeloen zaten te drinken en met elkaar zaten te roddelen.

'Ik ben niet op zoek naar een prop om te tappen, schatje,' zei de versierspecialist en hij leunde naar voren om haar iets in haar oor te kunnen fluisteren: 'Heb je het al eens met een echte vampier gedaan?'

Cally deinsde beledigd achteruit. 'Sorry? Wat bedoel je met "echt"?'

'Je weet wel,' zei hij met een zelfingenomen lachje. 'Heb je het al eens met een Oudbloed gedaan?'

Plotseling verscheen boven de schouder van de versierder een bekend gezicht. Het was Liliths vriendje, Jules de Laval. Cally glimlachte toen ze zich hun laatste ontmoeting in de gangen van Ruthven herinnerde.

'Valt die man je lastig?' vroeg Jules.

'Inderdaad.'

'Je hoort haar, Sergei.' Jules wees met zijn duim over zijn schouder in een imitatie van een tennisscheidsrechter. 'Die was uit.'

'Rot op, man, da's tegen de regels,' gromde Sergei zachtjes.

'O? Zijn er regels dan?' zei Jules op luide fluistertoon. 'Dat gedeelte heb ik zeker gemist…'

'Wat doe jij hier?' vroeg Cally.

'Niet veel… Gewoon even kijken hoe het hier is. Ben je alleen?'

'Nee, met Melinda. Ze komt vast zo terug…'

'Je hebt toch niet toevallig nog een begeleider nodig voor het Grote Bal, hè?' vroeg Jules plotseling.

Eerst lachte Cally om het idee alleen al, maar toen ze de blik in Jules' ogen zag, verdween de glimlach snel. 'Hé, ik wil niet nog meer problemen met Lilith. Na dat gedoe in de grotto…'

'Welk gedoe?' Hij fronste zijn wenkbrauwen.

Cally keek hem niet-begrijpend aan. 'Weet je dat niet? Laat maar zitten. Ik heb geen behoefte aan gezeik, dat is alles.'

'Gun je me dan ten minste het plezier van één dans?'

'Ik zeg je net dat ik niet van plan ben om Lilith kwaad te maken.'

'Lilith is hier niet, en ik beloof je dat ik haar niets vertel, als jij dat ook niet doet,' zei Jules met een ondeugend lachje.

Cally trok één wenkbrauw op. 'Oké... Eén dans dan.'

'Afgesproken.' Jules pakte haar hand.

Plotseling stond Melinda naast Cally. Ze trok aan haar arm en keek boos naar Jules. 'Ik moet even mijn make-up bijwerken. Kom mee.'

'Maar...'

'Maakt niet uit! Toiletten. Nu!' Met één enkele ruk trok Melinda Cally los uit Jules' greep en vervolgens sleepte ze haar een drukke gang door, de damestoiletten in.

'Waar ben jij mee bezig?' vroeg Melinda vol ongeloof zodra de deur achter hen dichtgezwaaid was.

'Ik ging alleen maar met hem dansen, verder niks,' verzekerde Cally haar.

'Misschien was dat het enige wat jij van plan was.' Melinda keek om zich heen om er zeker van te zijn dat niemand hen kon horen en boog zich toen dicht naar Cally toe. 'Kijk, Cally. Ik zal het je zonder omwegen vertellen: Jules is niet te vertrouwen. Geen enkele vrouw kan hem vertrouwen. Die vent is een hond. Erger dan een hond; hij is een wolf. En dat zeg ik niet omdat hij in een wolf kan veranderen! Het is Jules' hobby om Lilith achter haar rug om te bedriegen, het liefst met een van haar vriendinnen. Bathory Academy zit vol ex-beste-vriendinnen van Lilith die Jules heeft gehad.'

'Heeft hij het ook met jou geprobeerd?' vroeg Cally, die haar nieuwsgierigheid niet kon bedwingen.

'Natuurlijk!' Melinda lachte. 'Maar het is hem niet gelukt. En laat je niet voor de gek houden door zijn knappe uiterlijk en chique afkomst. Hij is echt niet de prins op het witte paard. Toen ik hem afwees, heeft hij, om me terug te pakken, het gerucht de wereld in gebracht dat ik lesbisch zou zijn. Het is hem trouwens wel gelukt om Carmen te verleiden, niet dat hem dat veel moeite gekost heeft. Ze doen het al een paar maanden stiekem met elkaar.'

'Ieuw!'

'Zijn familie doet altijd graag alsof ze boven dit soort zaken staan, maar ze kunnen niet zonder het bloedrecht van de Todds als ze dit millennium willen overleven. En dus kan Jules Lilith niet dumpen. In plaats daarvan gedraagt hij zich vreselijk afstandelijk elke keer als zij iets doet waar hij kwaad van wordt, en begint iets met een van haar vriendinnen. Ze schrikt zich een ongeluk, is bang dat ze hem kwijtraakt en wordt dan heel onderdanig en lief, totdat ze het weer goedmaken. En dan begint het allemaal weer van voren af aan.'

'Maar als Jules achter Liliths vriendinnen aan zit, waarom is hij dan geïnteresseerd in mij? Ik ben ongeveer het tegenovergestelde van Liliths beste vriendin.'

'Als ze al zo onzeker raakt wanneer hij met een van haar vriendinnen rotzooit, kun je je wel voorstellen wat een drama het wordt wanneer hij iets probeert met iemand die ze haat.'

'Nou, bedankt voor je verslagje over Jules, maar je hoeft niet bang te zijn dat ik voor hem val. Toegegeven, hij is een lekker ding, maar ik heb geen interesse. Ik heb al een vriend.'

'O, echt?' Melinda boog zich nog dichter naar Cally toe en haar ogen glommen van opwinding. 'Hoe heet hij? Is hij leuk?'

Cally aarzelde een tijdje terwijl ze probeerde te besluiten of ze nog meer zou verklappen dan ze nu al had gedaan. Ze was als de dood dat hun relatie openbaar zou worden, maar ze wilde ontzettend graag een keer met iemand over Peter praten. 'Ik kan niet zeggen hoe hij heet. Eigenlijk mogen we niks met elkaar hebben. Hij is wat ouder dan ik, maar hij is echt heel knap. Hij is zo lief en hij begrijpt altijd hoe ik me voel…'

'Zit hij op Ruthven?'

'Nee, je kent hem niet,' zei Cally snel. 'Hij… hij zit op mijn oude school.' Toen stopte ze, omdat ze zich realiseerde dat ze veel te veel zei over de verkeerde dingen. Ze moest van onderwerp zien te veranderen zonder dat het al te erg opviel. 'Hé, wie was die weertijger eigenlijk met wie ik je zag praten aan de bar?'

Melinda's glimlach verdween en opeens begon het Cally te dagen dat zij misschien niet de enige was met een liefdesleven dat haar in de problemen kon brengen.

'Vertel alsjeblieft aan niemand dat je ons samen gezien hebt, oké?' zei Melinda.

'Maak je geen zorgen, dat doe ik echt niet.' Cally kneep haar vriendin even geruststellend in haar hand, keek op haar horloge en wendde verbazing voor. 'Is het al zó laat? Ik moet naar huis! Ik heb die passages voor kalligrafie nog niet overgeschreven. Ik zie je wel weer op school, Melly.'

Cally haastte zich de damestoiletten uit en liep naar de uitgang van de club. Toen ze bijna bij de deur was, kwam Jules uit de massa zweterige, enthousiaste dansers op haar af.

'Ga je nu al?' vroeg hij. 'Ik kan je een lift geven als je wilt.'

'Dat hoeft niet; ik kom zelf wel thuis.'

'Mag ik je mobieltje even zien, nu je toch gaat?'

'Waarom?' vroeg ze terwijl ze hem haar telefoon gaf.

Jules gaf geen antwoord, maar begon in plaats daarvan iets in te toetsen.

'Wat doe je?'

'Ik geef je mijn nummer,' legde hij uit. 'Dan kun je me bellen als je van gedachten verandert en toch wilt dat ik je begeleid naar het Grote Bal.' Hij glimlachte en gaf haar het mobieltje terug. 'Hier, klaar.'

Toen Cally de telefoon aanpakte, greep Jules haar uitgestoken hand, trok die naar zich toe en drukte zijn lippen op de hare. Ze probeerde zich los te trekken, maar de hitte van zijn mond maakte juist dat ze naar hem toe bewoog, totdat ze hun armen om elkaars middel hadden geslagen. Net zo snel als het begon, beëindigde Jules de kus en met een knipoog verdween hij weer in de deinende massa lichamen op de dansvloer. Cally bleef achter met een hongergevoel dat niets te maken had met bloed.

Cally liep naar buiten langs de rij wachtenden voor de Viral Room en peinsde over het gevoel dat Jules' kus haar gegeven had. Een deel van haar wilde zich omdraaien en terug de club in lopen om hem te zoeken. Maar als ze dat deed, zou ze net zo zijn als haar moeder; en dat was iets waarvan Cally had gezworen dat het nooit zou gebeuren.

Jules betekende inderdaad alleen maar problemen: hij was een vrouwenversierder die ze niet kon vertrouwen, en niet te vergeten de toekomstige echtgenoot van haar grootste vijand. Lilith had al een keer geprobeerd haar te vermoorden, alleen maar omdat ze gezien had hoe hij haar hand kuste.

En toch, hoe duidelijk het ook was dat hij totaal verkeerd voor haar was, Cally moest toegeven dat ze het prettig vond om bij Jules te zijn. Hij had gevoel voor humor en in een boel opzichten was hij leuker om mee op te trekken dan Peter. Of in ieder geval leek dat zo te zijn. Aangezien Peter en zij eigenlijk nergens heen konden of iets konden doen buiten de muren van

Rest Haven, was het moeilijk te zeggen of de vergelijking wel eerlijk was.

Cally stond stil en schudde haar hoofd. Wat dacht ze nou helemaal? Hoe kon ze die twee vergelijken? Wat zij en Peter deelden, ging veel dieper dan de simpele fysieke aantrekkingskracht die ze bij Jules voelde. Peter was de enige persoon, naast haar moeder en haar oma, die wist wie ze werkelijk was. En Peter gaf er niets om dat ze half vampier, half mens was.

Weliswaar stroomde er alleen maar verdund vampierbloed door haar aderen, maar Cally wist dat ze nog eeuwenlang kon leven. En dat betekende dat ze zonder twijfel de mensen in haar leven oud zou zien worden en zien sterven. Inclusief Peter.

Cally had ontzettend veel van haar oma gehouden, en de gedachte dat ze nog een keer zo'n vreselijk verlies zou moeten lijden, zorgde voor knopen in haar maag. Ze vroeg zich af hoe mensen ertegen konden om gedurende hun hele leven degenen van wie ze hielden oud te zien worden en sterven.

Het probleem dat ze Peter zou verliezen was eenvoudig op te lossen: ze kon hem in een ondode veranderen. Aangenomen tenminste dat een hybride zoals zij überhaupt ondoden kon produceren. Op die manier kon ze hem altijd bij zich houden, eeuwig jong en onveranderlijk. Maar was het wel juist om dat te doen? Wat als datgene wat haar zo aantrok in Peter, datgene wat maakte dat ze van hem hield, er niet meer zou zijn als hij een ondode werd? Wat dan?

Verontrust door de richting die haar gedachten op gingen, merkte Cally ineens dat ze Peters stem moest horen. Misschien zouden de twijfels die haar plaagden, verdwijnen wanneer ze met hem sprak. Ze stapte van de stoep een nabijgelegen portiek in en toetste snel Peters nummer in.

De telefoon ging over, één keer, twee keer. Toe nou Peter, neem op! Drie keer. Ze voelde een golf van opluchting toen er werd opgenomen en zijn stem in haar oor klonk.

'Hai…'

'Peter! Sorry dat ik je zo laat nog bel…'

'Ik kan de telefoon nu niet beantwoorden, maar laat een bericht achter na…'

Cally fronste en klapte haar telefoontje dicht. Normaal gesproken nam Peter altijd zijn telefoon op, ongeacht het tijdstip waarop ze belde. Maar voor ze verder kon piekeren over waar haar vriendje zo laat 's nachts kon uithangen, verbrak een alarmerende schreeuw de stilte.

Cally leunde uit het portiek waarin ze stond en zag Melinda in de richting van de rivier rennen. Drie figuren achtervolgden haar. En ze hadden hun kruisbogen in de aanslag.

Toen het aanvalsteam over de houten vloer van de pier denderde, draaide de vampier die ze achternazaten zich razendsnel om en siste boos en uitdagend. De drie vampierjagers, twee mannen en een vrouw, waaierden automatisch uit naar de zijkanten en spanden hun kruisbogen. Op die manier sneden ze hun prooi effectief de weg naar de kust af.

Plotseling liet hun prooi zich op handen en voeten vallen en in de tijd die het de leider van het team kostte om 'Schiet haar neer!' te schreeuwen, veranderde ze in een zwarte panter.

Voordat een van de vampierjagers kon schieten, nam de panter een enorme sprong en sloeg haar acht centimeter lange klauwen in de keel van de leider. Hij gilde van angst toen ze hem tegen de pier duwde.

'Drummer!' schreeuwde de vrouwelijke vampierjager en ze opende het vuur op het wezen dat haar vriend aanviel. Pijlen uit haar repeterende vijfschotskruisboog doorboorden de rechterflank en -poot van de panter, waardoor die brulde van pijn en de keel van de teamleider losliet.

Voordat er nog meer schoten konden worden afgevuurd, klonk er een luid gebrul. Een weertijger sprong over Drummers lichaam heen en ging tussen de vampierjagers en hun prooi in staan. De grote kat gromde tegen de verbaasde mensen en draaide toen zijn goud met zwarte flank naar hen toe om de gewonde panter met zijn eigen lichaam te beschermen.

'Sam, vraag om versterking!' riep de jongere man terwijl hij het vuur opende op de grauwende weertijger.

'Arendsnest, dit is aanvalsteam Delta!' schreeuwde Samantha in haar draadloze headset. Intussen probeerde ze snel haar kruisboog opnieuw te laden. 'Drummer is geraakt! Ik herhaal: Drummer is geraakt! We hebben onmiddellijk versterking nodig. Over!'

Pijlen doorboorden de ribbenkast en de milt van de weertijger. De grote kat gilde van pijn en viel toen hard op zijn zij. De panter krabbelde overeind en duwde haar bebloede snuit tegen de kop van de weertijger. De grote weerkat bloedde en had duidelijk pijn, maar hij sloot zijn brandende gele ogen en begon te spinnen. De panter hief haar kop en staarde in de ogen van de jonge vampierjager. Die richtte op het voorhoofd van de grote kat, maar merkte plotseling dat zijn kruisboog vreselijk zwaar werd, bijna te zwaar om omhoog te houden. Hij voelde hoe zijn greep op het handvat van het wapen steeds zwakker werd…

'Word wakker!' schreeuwde Samantha. Ze duwde haar verdoofde teamlid opzij. 'Ze probeert je te hypnotiseren.' Maar voordat Samantha haar wapen kon afvuren, rook ze opeens de geur van gas in de lucht. Alle haartjes op haar armen en in haar nek stonden recht overeind. Zonder waarschuwing deed haar hele lichaam ondraaglijk pijn, alsof in elke centimeter van haar huid een miljoen gloeiend hete naalden waren gestoken.

Peter van Helsing keek geschrokken toe hoe zijn teamlid in elkaar zakte. Hij draaide zich razendsnel om, zijn vinger op de trekker van de kruisboog, klaar om een pijl in het hart of het hoofd te schieten van degene die zich achter hem bevond. Toen verstijfde hij. Het was Cally! Ze stond een meter of zes bij hem vandaan, met een bol pulserende elektriciteit in de palm van haar hand.

De geliefden staarden elkaar in de ogen gedurende wat wel een eeuwigheid leek.

Toen ze het geluid van vleugelslagen hoorden, keken ze naar boven en zagen het silhouet van een enorme gargouille, die snel naderde vanaf de andere kant van de rivier.

Het was Talus, het dodelijke huisdier van Christopher van Helsing, die arriveerde in antwoord op Samantha's noodoproep. Cally en Peter wisselden een snelle blik en Peter liet de pijl vlak over de schouder van zijn vriendin vliegen.

Cally smeet haar vuistvol bliksem de pier op en raakte daarbij een roestvrijstalen waterrad dat er voor de sier stond. Het ding lichtte op als een wiel met vuurwerk op Onafhankelijkheidsdag.

Peter knipperde met zijn ogen, eventjes verblind door de flits, en toen hij weer keek was Cally verdwenen. Hij knielde neer naast Drummer, maar toen hij geen polsslag kon vinden, liep hij verder naar Sam. Ze leefde nog, net. Toen hij weer opstond, keek hij naar de plek waar de vampier en de weertijger hadden gelegen. Er was niets anders meer over dan een handjevol bebloede pijlen en wat vacht.

Lilith keek boos voor zich uit terwijl ze haar AB-neg met bourbon liet draaien in haar glas. Waar was iedereen, in stichtersnaam? Ze was al een kwartier geleden aangekomen bij de Belfry, in de verwachting dat ze de anderen wel zou zien in de Loft, maar er was niemand te bekennen. Net toen ze Jules wilde bellen om hem uit te schelden dat hij haar had laten zitten, zag ze hem de trap vanaf de dansvloer op lopen.

'Waar ben jij geweest? Ik heb je overal gezocht!' mopperde ze toen hij naast haar ging zitten. 'Ben je er net?'

'Ja en nee. Ik was er eerder ook al, maar toen ben ik met Sergei naar een of andere nieuwe club wezen kijken.'

'En, hoe was het?' vroeg ze, enigszins nieuwsgierig.

Jules haalde zijn schouders op. 'Ik ben weer terug, toch?'

'Nog iemand gezien die interessant genoeg is om over te vertellen?'

'Nee,' loog hij. 'Zit je al lang te wachten?'

'Een half uur,' loog Lilith op haar beurt en ze trok een geoefend pruilmondje naar hem. 'Ik dacht dat je me vergeten was.'

'Sorry voor het trauma dat ik veroorzaakt heb,' zei Jules met een scheef lachje en hij pakte haar hand. 'En, wat heb jij eigenlijk gedaan voor je hier kwam?'

'Winkelen voor een nieuwe avondjurk voor het Grote Bal. Mam breekt haar vakantie eerder af om erbij te kunnen zijn. Gatver.' Het eerste deel van haar antwoord was een leugen, maar het tweede was inderdaad waar.

Jules trok een wenkbrauw op. Hij wist maar al te goed hoe turbulent de relatie tussen Lilith en haar moeder was. 'Is Irina in de stad? Hoe lang blijft ze?'

'De rest van het Donkere Seizoen, ben ik bang.' Lilith trok een lelijk gezicht.

'Balen,' vond ook Jules. 'En, heb je al aan je vader gevraagd of je met me mee mag naar Vail voor Lange Nacht?'

'Ik dacht dat je vader gezegd had dat je alleen naar Vail mag als je een voldoende hebt voor alchemie?'

'O, geen probleem, dat haal ik wel.' Hij lachte. 'Exo helpt me.'

'Hoe bedoel je, "helpen"? Geeft hij je bijles of doet hij je huiswerk voor je?'

'Hij maakt m'n huiswerk,' gaf Jules met een schaapachtig lachje toe. 'Maar als hij klaar is, schrijf ik het wel over in mijn eigen handschrift.'

'Wat schattig!' riep Lilith uit. Haar ogen lichtten op. 'Dan heeft het dus toch z'n voordelen om zo'n nerd als Exo in je buurt te hebben.'

'En, ga je je vader nog vragen of je mee mag gaan skiën?'

'Ik weet niet…' zei ze aarzelend. 'Pap wil meestal dat we allemaal samen zijn tijdens Lange Nacht. Hij is echt van de Oude Wereld, wat dat betreft.'

'Als je het vraagt, mag het vast wel. Hij zegt nooit nee tegen jou, Lili, en dat weet je! Je bent tenslotte z'n enige dochter. Hoe kan hij jou nou iets weigeren?'

'Cally! Dáár ben je! Ik begon me al zorgen te maken.'

Cally kreunde toen ze haar moeder handenwringend in de hal van hun appartement zag staan. Het was een heftige avond geweest en het laatste wat ze nu kon gebruiken, was nog meer idioot gedoe van haar moeder.

'Mam, wat je me ook wilt zeggen: ik wil het niet horen,' zei ze vermoeid en ze liep langs haar heen. 'Ik wil alleen douchen en dan naar bed.'

'Cally, je kunt nog niet naar bed.' Sheila greep haar dochter bij haar arm. 'We hebben bezoek.'

'Wat hebben we?!' Cally draaide zich om en keek haar moeder ongelovig aan. In de twee jaar dat ze hier woonden, had nog nooit iemand een voet in hun appartement gezet, op een paar bezorgers na.

'Hij zit in de woonkamer op je te wachten,' zei Sheila zachtjes. Ze wees naar een goedgeklede man die op de divan zat.

Cally liep de kamer in en de vreemdeling stond op om haar te begroeten. Hij was lang, goedgebouwd en leek ergens achter in de dertig. Zijn donkere haar begon grijs te worden bij de slapen, hij had een aantrekkelijk maar ernstig gezicht en een expressieve mond. Maar Cally's aandacht werd vooral getrokken door zijn ogen, die precies dezelfde kleur hadden als die van haar.

'Hallo, Cally.' De vreemdeling glimlachte en stak zijn hand naar haar uit. 'Ik ben blij je eindelijk te ontmoeten. Ik ben Victor Todd. Je vader.'

HOOFDSTUK 7

Al sinds ze een klein meisje was, had Cally gefantaseerd over dit moment. Steeds weer had ze de ontmoeting met haar vader in haar hoofd afgespeeld, elke ochtend wanneer ze in bed had liggen wachten tot de slaap zou komen. In haar fantasie was haar vader een knappe, rijke en machtige vampierheer, een soort kruising tussen James Bond en Dracula.

Eindelijk leek haar fantasie een keertje in de pas te lopen met de werkelijkheid.

Van alle mogelijke kandidaten had Cally nooit durven hopen dat haar vader Victor Todd zou blijken te zijn, de man die er in z'n eentje voor gezorgd had dat het vampierras het moderne tijdperk had betreden. Het was net zoiets als wanneer een mensenkind zou ontdekken dat haar biologische vader Bill Gates was. Maar als Victor Todd haar vader was, betekende dat…

'Is Lilith mijn zus?!' bracht Cally uit. Ze voelde dat

haar knieën knikten en ze duizelig werd. Ze ging op de divan zitten met een wazige blik in haar ogen.

'Technisch gezien is ze je halfzus,' zei Victor vriendelijk.

Ze wilde hem zo veel vragen stellen, maar de enige die op dit moment in haar opkwam, was de pijnlijkste: 'Waarom heb je zo lang gewacht om mij te vertellen wie je bent?'

'Het spijt me dat ik me niet eerder bekend heb gemaakt, Cally,' zei Victor ernstig. Hij ging naast haar zitten. 'Maar de waarheid is dat toen ik je moeder verliet om terug te gaan naar mijn vrouw, ik geen idee had dat Sheila zwanger was. Je moet me geloven. Ik hoorde pas over je bestaan nadat je grootmoeder was overleden. Toen heeft je moeder eindelijk weer contact met me gezocht.'

Sheila knikte instemmend. 'Wat je vader zegt, is waar, Cally. Je oma wilde niet dat Victor van je bestaan afwist en ze deed alles wat in haar vermogen lag om jou tegen hem in te nemen. Het is niet zo dat je vader niet om je gaf; hij wist het gewoon niet.'

'Maar waarom heb je me het dan niet verteld toen oma dood was?'

'Dat heeft alles te maken met mijn vrouw.' Victor zuchtte. 'Als Irina erachter komt dat jij bestaat, zal ze niet aarzelen om te proberen je te doden. Wat haar betreft, ben je een bedreiging.'

'Als u zo bezorgd bent dat uw vrouw erachter komt

dat ik besta, waarom heeft u me dan naar Bathory gestuurd?' Cally fronste haar wenkbrauwen. 'Lilith en ik hebben sinds ik er begonnen ben alleen nog maar ruziegemaakt!'

'De reden dat ik je naar Bathory gestuurd heb, is heel eenvoudig: om je te beschermen.'

'Me te beschermen?' vroeg Cally. 'Waartegen dan?'

Victor schoof ongemakkelijk heen en weer. 'Ongeveer een maand geleden kreeg ik een tip van een mol die bij het Instituut werkt, dat hun leider, Christopher van Helsing, op zoek is naar jou. Hij wil je gebruiken in een of ander belachelijk plan om de wereld voor altijd te ontdoen van vampiers.'

Toen ze de naam Van Helsing hoorde, maakte Cally's maag een soort salto. Ze wendde haar ogen af en hoopte dat haar vader niet merkte dat ze totaal niet verrast was toen ze hoorde dat het Instituut naar haar op zoek was.

'Chris van Helsing?' riep Sheila uit met een verbaasde uitdrukking op haar gezicht. 'Wat moet die idioot van mijn kleine meisje?'

'Dat is een lang en ingewikkeld verhaal, ben ik bang,' zei Victor. 'Waar het op neerkomt, is dit. Doordat Cally de dochter is van een vampier en de kleindochter van een heks, heeft ze misschien een bepaalde vampiervaardigheid geërfd, die "de Schaduwhand" genoemd wordt.'

Cally keek hem onderzoekend aan. 'Wat is dat?'

'Een heel gevaarlijke kracht. Degene die hem gebruikt, heeft de macht om wie dan ook, vampier of mens, te doden door hem alleen maar aan te raken. Pieter van Helsing had die kracht en gebruikte hem om op een ongeëvenaard niveau dood en verderf te zaaien onder ons volk. En toen, in 1835, vernietigde hij de originele Bathory Academy en Ruthven Jongensschool.

Toen jouw grootvader, Adolphus, hoorde wat er gebeurd was, wist hij de vampierjager op te sporen. Hij dronk Van Helsings bloed en nam zo al zijn bloedrechten en krachten in zich op.'

'En kreeg uw vader toen ook de Schaduwhand?' vroeg Cally.

Victor schudde zijn hoofd. 'En in mij heeft die zich ook nooit geopenbaard. Toen Lilith geboren werd, hield ik haar goed in de gaten. Weer niet. En nu blijkt dat jij degene bent die de Schaduwhand met zich meedraagt.'

'Oké, zo is het genoeg. Dit is dus echt bullshit!' zei Cally boos. 'Hoe kan ik in vredesnaam dat schaduwgedoe hebben zonder dat ik het zelf weet? Ik bedoel, dat ik stormen kan oproepen, merkte ik al toen ik dertien was. Weet je nog dat ik een keer per ongeluk regen maakte in ons oude appartement?'

'Je oma was zo kwaad dat je haar bank verpest had!' Sheila grinnikte.

'Zie je wel? Het kan niet, dat ik zo'n soort kracht bezit en dat die zich nog nooit geopenbaard heeft.'

'Ik ben bang dat dat wel gebeurd is, Cally... Je realiseerde het je alleen niet.' Victor haalde een opgevouwen stukje perkament uit de borstzak van zijn jasje en gaf het haar. 'Dit kreeg ik onlangs van madame Nerezza. Het is een rapport van je gymlerares, coach Morgue. Toe dan: lees maar. Ze beschrijft dat de Schaduwhand zich manifesteerde toen ze je fysieke vaardigheden beoordeelde en je half in trance was. Herinner je je dat?'

'Ja, dat weet ik nog wel.' Cally knikte. Haar stem werd zachter toen ze zich probeerde te herinneren wat er die avond in de grotto was gebeurd. 'Ik probeerde van gedaante te veranderen in een wolf, en toen... toen gebeurde er iets vreemds. Ik weet niet precies wat.'

'Je gymlerares wist het ook niet; of in ieder geval niet precies. Maar toen de rector Morgues rapport las, herkende ze de Schaduwhand. Gelukkig is madame Nerezza een oude vriendin van de familie; ze heeft erin toegestemd de informatie geheim te houden.

Ik heb echter redenen om aan te nemen dat een lid van de schoolstaf een kopie van het rapport naar Vinnie Maledetto heeft gestuurd. Dat is de verklaring voor het feit dat hij opeens zo geïnteresseerd is in jouw welzijn. Hij hoopt je vertrouwen te winnen, zodat hij je uiteindelijk in een moordenaar kan veranderen in dienst van de Strega.'

'Nee! U heeft het helemaal verkeerd!' protesteerde Cally. 'Dat is niet de reden dat de Maledetto's zo aardig voor me zijn. Een van de tweeling kwam na een vliegles vast te zitten halverwege een gedaanteverwisseling; haar gezicht was nog dat van een vleermuis. Ik heb haar geholpen om terug te veranderen. Vinnie, ik bedoel meneer Maledetto, wilde me daarvoor bedanken en heeft een chauffeur voor me geregeld, dat is alles.'

'Wat je zegt kan best waar zijn. Misschien is het heel onschuldig begonnen. Maar ik kan je wel vertellen dat niets waar Vinnie Maledetto mee te maken heeft, lang onschuldig blijft. De man is in staat om in elke kamer direct het meest dodelijke voorwerp te herkennen en het vervolgens voor zijn eigen doeleinden te gebruiken. En jij, lieverd, bent veruit het dodelijkst. Je kunt de Maledetto's niet vertrouwen, Cally. De vader niet, de zoon niet, zelfs de meisjes niet. Je moeder heeft me verteld over je verhouding met Lucky Maledetto...'

'Mijn wat?!' Cally stond even perplex; ze was vergeten dat ze haar moeder op een verkeerd spoor had willen zetten door te beweren dat ze stiekem iets met Lucky had.

'Hij en zijn familie zijn de gezworen vijanden van iedereen met Todd-bloed in de aderen. En daarom moet je meteen alle banden met die vervloekte familie verbreken.'

'Maar Bella en Bette zijn mijn vriendinnen!' riep Cally boos uit.

Victor zag de uitdrukking op zijn dochters gezicht en legde een hand op haar schouder. 'Ik begrijp hoe verwarrend dit allemaal voor je is. Ik realiseer me dat je waarschijnlijk denkt dat ik geen enkel recht heb om hierheen te komen en je te vertellen met wie je wel of niet bevriend mag zijn. Tot nu toe ben ik geen vader voor je geweest, Cally, maar dat wil ik graag veranderen.'

De ernstige uitdrukking op Victors gezicht werd zachter toen hij zijn hand uitstrekte naar haar kin en Cally's hoofd iets optilde zodat ze hem recht in de ogen keek. 'Ik heb je cijfers gezien en alle rapporten gelezen die je leraren over je geschreven hebben. Je bent een ongelooflijk intelligent en getalenteerd meisje, met of zonder de Schaduwhand, en ik ben er trots op dat ik zo'n dochter heb. Ik bid tot de Stichters dat je me zult kunnen vergeven voor de pijn die ik je al die jaren heb bezorgd door wat ik gedaan heb. En toch moet je me geloven: het is voor je eigen bestwil om alle banden met de Maledetto's te verbreken.'

Cally haalde diep adem en deed een stap naar achteren, terwijl ze bedacht wat ze moest doen. Ze had zich allerlei voorstellingen gemaakt van wat er zou gebeuren wanneer ze eindelijk haar vader ontmoette. In sommige scenario's was ze kwaad. Andere waren vol tranen. Sommige waren bitterzoet. Maar in geen enkel scenario had hij haar gevraagd om in naam van de familie haar vrienden op te geven.

Een deel van haar wilde tegen hem zeggen dat hij het kon vergeten. Ze had het tot nu toe prima zonder hem gered. Maar wat als ze nee tegen hem zei en hij besloot om zijn handen van haar af te trekken? Wat als ze hem nooit meer te zien zou krijgen? Ze had haar hele leven gewacht tot haar vader eindelijk naar haar toe zou komen. Ze was niet van plan om het risico te lopen dat hij haar weer zou verlaten.

'Oké, ik zal doen wat u zegt,' zuchtte ze.

Haar vader glimlachte en hield zijn armen voor haar open. Cally stapte in zijn omhelzing en wreef met haar wang tegen de revers van zijn wollen jasje terwijl hij haar knuffelde. 'Da's mijn meisje,' zei Victor Todd. Hij glimlachte in stille triomf terwijl hij over zijn dochters haren streek. 'Dat is papa's meisje.'

Cally sloot haar ogen en zuchtte gelukzalig. Hij rook zelfs zoals ze zich had voorgesteld dat vaders ruiken.

HOOFDSTUK 8

Lilith haastte zich naar de benedenverdieping van
het penthouse van haar familie om op tijd te zijn
voor het ontbijt en was onaangenaam verrast
toen ze zag dat haar moeder al in de eetkamer op haar
wachtte.

'Hallo, Lilith,' zei Irina Viesczy-Todd. Ze keek net
lang genoeg op van haar kruiswoordpuzzel om te laten zien dat ze merkte dat haar dochter de kamer binnenkwam. Moeder en dochter hadden elkaar zes weken niet gezien en beide partijen vonden dat prima.

In haar ene hand hield Irina een glas van geslepen
kristal, gevuld met een bloedrode vloeistof en in de andere het vulpotlood dat ze altijd gebruikte voor haar
kruiswoordpuzzels. Met haar jukbeenderen en haar
kunstig opgestoken lange blonde haar leek Irina eerder
begin dertig dan de honderdvijftig jaar die ze was, zoals Lilith wist. Lilith liep naar de tafel en zag dat haar

moeder nog in haar satijnen kamerjas gekleed was, die veel meer getraind en kunstmatig gebruind vlees liet zien dan haar als dochter lief was.

'Hallo, moeder,' zei Lilith nors.

'Je hoeft echt niet zo gekweld te klinken,' zei Irina en ze nipte wat van haar ontbijt, dat driedubbel gecheckt was op onzuiverheden en besmettelijkheden zoals hiv, het West-Nijlvirus en hepatitis. 'Wat voor moeder zou ik zijn als ik niet bij het Grote Bal-debuut van mijn enige dochter zou zijn? O ja, trouwens, toen ik in het casino in Monaco was, kreeg ik een brief van een oude schoolvriendin van me, Verbena Mulciber.'

'Bedoelt u madame Mulciber?' Lilith keek verrast op. 'Mijn lerares alchemie?'

Irina knikte. 'Ze schreef me dat je op het punt staat om te blijven zitten.'

'Het was de laatste tijd nogal moeilijk voor me om me op mijn schoolwerk te concentreren, met Taniths dood en zo,' antwoordde Lilith.

Er verscheen een ondode in dienstbode-uniform, die het kristallen glas bij Liliths bord pakte en de keuken in verdween om het met verwarmd bloed te vullen.

'Jullie jonkies van tegenwoordig... Jullie hebben geen idee hoe gemakkelijk jullie het hebben! Tegen de tijd dat ik zo oud was als jij, was de helft van mijn eindexamenklas vernietigd,' zei Irina. Ze klakte afkeurend met haar tong. 'Als ik het feit dat mijn vrienden vermoord werden invloed had laten hebben op mijn opleiding, zou ik nog steeds boeren lopen tappen in Rusland op een of andere verdoemde collectieve boerderij! Bathory Academy heeft een van de beste opleidingen die er bestaan voor meisjes van jouw leeftijd. En aangezien je oudtante Morella de school gesticht heeft, is het minste wat je kunt doen ervoor zorgen dat je de familie niet te schande maakt door van school getrapt te worden.'

Geërgerd door haar moeders gevit ging Lilith in de tegenaanval: 'Als hun programma zo goed is, hoe komt het dan dat ze een Nieuwbloed hebben toegelaten?'

'Een Nieuwbloed?!' Irina keek op van haar kruiswoordpuzzel en liet haar ogen door de kamer schieten alsof ze bang was dat er ninja's in de hoeken verstopt zaten. 'Zit er een Nieuwbloed op Bathory?'

'Ja, ze heet Cally.' Lilith onderdrukte een glimlach terwijl ze haar onwetende moeder pappies geheime dochter onder haar neus duwde.

'Het idee!' riep Irina uit. Haar ogen schoten vuur. 'Ik zal je vader de rector erover laten aanspreken. Het is een schande. We betalen niet zo veel om je naast een stelletje losers te laten zitten.'

'Ik ben blij dat je er zo over denkt,' zei Lilith, terwijl de dienstbode terugkwam met het glas dat inmiddels gevuld was met warm bloed. Ze draaide zich om en keek de bediende kwaad aan. 'Hé! Ben je debiel of zo? Haal een rietje voor me! Ik ga echt mijn lipgloss niet verpesten vlak voordat ik naar school ga!'

De dienstbode sprong op alsof ze met een hete pook was gestoken. Haar ogen stonden werkelijk geschrokken. 'Ja, juffrouw Lilith! Het spijt me. Ik haal het meteen.'

Binnen enkele seconden stond er een rietje in het glas. Lilith nam voorzichtig een teugje. AB-negatief, met een vleugje antistollingsmiddel om het vloeibaar te houden; geen slechte manier om de nacht mee te beginnen.

'Ik zou ook werkelijk niet weten hoe ik er dan over zou moeten denken,' antwoordde Irina vlak. 'Maar goed, dat is nog geen excuus voor je abominabele schoolprestaties. Je vader en ik verwachten na het Grote Bal beduidend betere cijfers, jongedame! Je gaat veel te vaak uit en studeert te weinig.' Irina's toon was vlak maar beslist; een onmiskenbare waarschuwing dat ze niet in de stemming was voor een van haar dochters buien. 'En waarom ga je nu niet vast kijken of Bruno de auto al voor je heeft gehaald, lieverd.'

Lilith griste haar schooltas mee en liep de deur uit, op weg naar school. Toen ze in de lift naar beneden stond, bedacht ze dat het misschien nog helemaal niet zo verschrikkelijk was dat Irina in de vakantie thuis was. Alle bijna-botsingen die ze zou kunnen orkestreren tussen Cally en haar moeder…! Het zou alleen al zeer bevredigend zijn om haar vader zich in allerlei bochten te zien wringen om te zorgen dat Irina niet achter zijn smerige kleine geheimpje kwam.

Toen Cally de klas in liep voor madame Bouchers les 'Vermijden van opsporing nr. 101', zag ze Lilith aan een van de tafeltjes zitten kletsen met Carmen. Wat ze inmiddels wist over Carmen en Jules maakte dat ze bloosde en ze keek gauw de andere kant uit.

Achter in de klas zag ze Bella Maledetto zitten; Bella zwaaide en wees naar het lege tafeltje naast zich. Zonder nadenken deed Cally een stap in de richting van haar vriendin. Toen herinnerde ze zich de belofte die ze haar vader gisteren gedaan had, om haar banden met de familie Maledetto te verbreken.

In plaats van naast Bella te gaan zitten, gleed Cally in het bankje naast Annabelle Usher. Stiekem gluurde ze even naar haar vriendin; op Bella's gezicht was een mengeling van verbazing en gekwetstheid te lezen. Cally zuchtte en draaide haar hoofd gauw de andere kant op. Deze nacht was het begin van wat waarschijnlijk een moeilijke en eenzame periode in haar leven zou worden. Maar, zei ze tegen zichzelf, dat was het wel waard als ze zo haar loyaliteit tegenover haar vader kon bewijzen en zijn goedkeuring kon krijgen.

'Goedenavond, jongedames.' Madame Boucher keek de klas rond. Ze was een tengere vrouw van begin vijftig en droeg haar gemberkleurige haar hoog opgestoken in een ouderwetse knot. 'We hebben al een aantal beproefde methodes om ontdekking te vermijden bestudeerd, zoals je eigen dood in scène zetten en later in dezelfde gemeenschap terugkeren als een jonger familielid, liefst als een nicht of kleindochter.

Vanaf vandaag zullen we ons richten op praktische camouflage en afleiding. Ik zal jullie drillen in deze technieken totdat ze net zo natuurlijk voor je zijn als ademhalen of vliegen.

Toen ik nog op school zat, was het vermijden van ontdekking niet zo'n noodzakelijke vaardigheid als tegenwoordig. In die tijd waren weerspiegelende oppervlakken lang niet zo wijdverbreid als nu. Alles was gemaakt van hout of steen, niet van spiegelglas en roestvrij staal!'

De lerares gebaarde naar een ondode bediende in schooluniform, die meteen een steekkarretje met daarop een groot rechtopstaand voorwerp, bedekt met een doek, naar de voorkant van de lesruimte reed.

'Dames, het wordt tijd dat jullie je vijand leren kennen!' zei madame Boucher. Ze trok de doek weg en er werd een manshoge staande spiegel zichtbaar.

Een hoorbare zucht steeg op uit het publiek. Een paar leerlingen sisten zelfs en hieven instinctief hun armen om hun gezicht te beschermen.

Aangezien Cally was opgegroeid in een omgeving waar spiegels heel normaal waren, was haar reactie op het voorwerp een stuk rustiger. Ze keek voorzichtig om zich heen en zag dat de enige andere leerling in de klas die ook niet opgewonden leek, Lilith was.

'Er is geen enkele reden om bang te zijn,' verzekerde madame Boucher haar klas en ze stapte voor de spiegel.

Dat wil zeggen: dat deden haar kleren. In de spiegel leken haar grijze tweedrok, witte zijden blouse en kastanjebruine vestje leeg in de lucht te hangen.

'De gebruikelijkste vorm van camouflage is het creatief toepassen van kleding, met name mantels met capuchon. Een andere manier is om de aanwezigheid van mensen tegen hen te gebruiken. Wie mist er tenslotte één weerspiegeling tussen al die honderden die je elk moment in de ramen langs Sixth Avenue kunt zien?

Maar eerst zul je vertrouwd moeten raken met je eigen weerspiegeling, zodat je begrijpt wat mensen wel en niet zien in een spiegel. Wie van jullie heeft zichzelf nog nooit in een spiegel gezien?'

Annabelle Usher stak een bevende vinger op.

'Wat een verrassing, Usher! Not!' Lilith grinnikte luid.

Annabelle was de laatste van een ooit befaamde bloedlijn, die nu zulke slechte tijden doormaakte dat Annabelle geen kleedster had die voor ze naar school ging een blik op haar uiterlijk kon werpen. Als gevolg daarvan zag het arme kind er meestal uit als een barbiepop die in handen van een sadistisch broertje gevallen was.

'Net zoals ballet kun je camouflage niet goed leren wanneer je niet kunt zien wat je fout doet. Ik wil dat jullie allemaal in een rij gaan staan en vervolgens een voor een in de spiegel naar jezelf kijken. Eerst recht van voren, dan en profil en ten slotte over je schouder. En, juffrouw Usher, ik wil dat jij begint.'

De leerlingen kwamen uit hun banken en vormden een lange rij, met Annabelle aarzelend aan het hoofd. Toen ze tegenover de spiegel ging staan, hield ze haar blik strak op haar schoenen gericht in plaats van op het verzilverde glas voor zich.

'Vooruit, kijk maar naar jezelf, Annabelle,' zei madame Boucher vriendelijk. 'Er is niets om bang voor te zijn.'

Aarzelend keek Annabel omhoog. Haar blik gleed langzaam langs haar benen en haar bovenlijf en bereikte ten slotte haar gezicht. Ze staarde een moment lang naar haar slordig getekende wenkbrauwen en de clowneske rougevlekken op haar wangen, en rende toen in tranen het klaslokaal uit.

'Niet te geloven; die nerd wist niet eens hoe verschrikkelijk ze eruitziet...' grinnikte Lilith. Ze deed een stap naar voren en nam Annabelles plaats voor de spiegel in. In plaats van in elkaar te duiken of te schrikken van haar spiegelbeeld, veegde Lilith nonchalant haar haren uit haar gezicht.

'Uitstekend gedaan, Lilith,' zei madame Boucher goedkeurend. 'Zelfverzekerd en vol vertrouwen.'

Terwijl ze toekeek hoe haar halfzus zich weer van de spiegel afkeerde, voelde Cally zich opeens slecht over alle gemene dingen die ze over Lilith gezegd en gedacht had; en al helemaal over dat ze afgelopen nacht in de Viral Room Liliths vriendje had gezoend. Ze waren tenslotte familie. En ook al wist Lilith dat niet, zij wist het wel. En Cally had altijd geleerd veel belang te hechten aan familiebanden.

'Goed gedaan, Lilith,' zei ze toen Lilith terugliep naar haar tafel.

Lilith draaide zich om en keek Cally woedend aan, alsof die net in haar gezicht gespuugd had. 'Wat wou je daarmee zeggen, Nieuwbloed?'

'Niks. Ik wilde je een compliment geven omdat je het zo goed deed voor de spiegel. Heel professioneel.'

'Insinueer je nou dat ik het prettig vind om naar mezelf te kijken?' siste Lilith. Haar blauwe ogen schoten vuur.

'Nee, ik zei gewoon iets aardigs, Lilith.'

'Het lijkt anders meer op reetkussen,' snauwde Lilith. 'Wat probeer je te bereiken, Monture?'

'Juffrouw Todd! Juffrouw Monture! Wat is er aan de hand?' vroeg madame Boucher. Ze liep naar de twee meisjes toe om ze uit elkaar te halen.

'Ze zei dat ik een spiegeljunkie ben!'

'Dat zei ik helemaal niet! Ze liegt,' protesteerde Cally.

'Juffrouw Monture, ik tolereer niet dat er leerlingen worden beledigd in mijn klas!' zei madame Boucher streng.

'Maar…'

'Geen woord meer, juffrouw Monture!' De bijenkorf op madame Bouchers hoofd wiebelde vervaarlijk toen ze met een vinger in Cally's richting zwaaide. 'Ik tolereer geen herrieschoppers, begrepen?'

'Ja, madame Boucher.' Cally beet op haar tong en sloeg bedeesd haar ogen neer.

'Wat kun je anders verwachten van iemand als zij?' sneerde Lilith. 'Haar moeder is een slet.'

Zonder waarschuwing sprong er een bliksemstraal uit Cally's linkerhand, en heel even kwam ze in de verleiding om Lilith ermee te raken. In plaats daarvan sloeg ze haar hand naar achteren, zoals een cowboy met zijn zweep, en stuurde de dodelijke lading in de tegengestelde richting.

De meisjes die nog in de rij stonden, stoven uiteen. Ze gilden angstig toen de bliksemstraal langs hen heen vloog en de spiegel raakte, die in scherven uit elkaar spatte.

'Mijn spiegel!' kreunde madame Boucher ongelovig. 'Besef je wel wat je gedaan hebt, jij vreselijk kind? Dat was een originele Chippendale!'

'Het spijt me, madame Boucher,' zei Cally, die naar de smeulende resten staarde. 'Het was een ongeluk. Eerlijk waar! Het was niet mijn bedoeling dat dit zou gebeuren.'

Madame Boucher liep naar haar bureau, krabbelde woedend een briefje op een stuk perkament en overhandigde dat vervolgens aan de bediende die de nu vernielde spiegel het klaslokaal in had gereden. 'Mijn klas uit, Monture! Gustav! Neem haar mee naar boven en geef dit briefje aan de directrice. En stuur meteen de conciërge van de tweede verdieping hierheen om de rommel op te vegen als je toch bezig bent.'

'Zoals u wilt, madame,' antwoordde Gustav en hij pakte Cally bij haar arm. Zijn greep was niet ruw, maar Cally zou zich ook niet gemakkelijk los kunnen trekken. 'Kom, jonge meesteres,' zei hij. 'U moet mee naar het kantoor.'

Toen ze werd meegenomen het lokaal uit, keek Cally nog even over haar schouder en zag Carmen, Lula en Armida om Lilith heen staan. De glanzende roze lippen van de laatste stonden in een triomfantelijke grijns.

De directrice zat achter haar bureau. Ze was gekleed in een keurig mantelpak van grijze tweed met biezen van zwarte zijde. Ze keek op van het briefje dat madame Boucher had geschreven en staarde naar Cally, die met haar handen op haar rug voor haar tafel stond.

'Zoals je heel goed weet, is Bathory Academy een vendettavrije zone,' zei madame Nerezza streng. 'Het is leerlingen ten strengste verboden om hun krachten in de klas tegen elkaar te gebruiken.'

'Ja, mevrouw. Dat weet ik. En het spijt me heel erg wat er gebeurd is, madame Nerezza,' zei Cally ernstig. 'Ik heb tegen madame Boucher gezegd dat het echt niet mijn bedoeling was. Het is alleen… Lilith zei iets tegen me dat… Nou ja, ik werd kwaad en ik reageerde zonder na te denken. Het lukte me wel om ervoor te zorgen dat de bliksem niemand raakte…'

'Dat kan zo zijn, maar wat je gedaan hebt, vormt

voldoende reden om je van school te sturen.'

'Word ik van school gestuurd?'

'Nee, kind.' Madame Nerezza zuchtte en schudde haar hoofd. 'Het zou onnadenkend van me zijn als ik dat deed. Je zult moeten leren hoe je de krachten die je bezit, onder controle kunt houden. Maar als je op Bathory Academy blijft, zul je me moeten beloven dat je je niet meer zo zult laten provoceren. De gevolgen zouden rampzalig kunnen zijn, voor alle betrokkenen.'

'Ja, mevrouw. Ik begrijp het,' zei Cally. 'Dank u wel dat u me een tweede kans geeft.'

'Iets zegt me dat het beter is om madame Boucher wat tijd te geven om af te koelen,' zei de directrice met een glimlach. 'Hier is een pasje waarmee je de bibliotheek binnen kunt. Blijf daar tot het tijd is voor je volgende les.'

'Dank u wel, madame Nerezza.'

'Voor je gaat, wil ik je dit nog geven.' De directrice overhandigde Cally een verzegelde envelop. 'Het is Tanith Graves' uitnodiging voor het Grote Bal. Of dat zou het geweest zijn als ze niet gedood was. Het presentatiecomité heeft besloten dat ik de uitnodiging moest toekennen aan die leerling die de eer het meest waard was. Ik wilde hem bij je thuis laten bezorgen, maar aangezien je hier nu toch bent, dacht ik dat ik je hem net zo goed persoonlijk kon geven. Ik realiseer me dat het erg kort dag is...'

'Ik ben gevleid, madame Nerezza, maar u weet dat

ik dit echt niet kan accepteren,' protesteerde Cally. 'Ik heb er geen recht op. Ik ben geen Oudbloed. En ik ben half mens.'

'Des te meer reden voor je om te gaan, als je het mij vraagt,' antwoordde de directrice. 'Met elk decennium, elke technologische vooruitgang, wordt de wereld kleiner en kleiner. Als vampiers willen overleven, moeten we zorgen dat we overweg kunnen met het menselijk ras. In jou zie ik een glimp hoop voor de toekomst van ons volk. En trouwens, wat kan het voor kwaad? Ga erheen, vermaak je. Tenslotte is Rauhnacht voor de jongelui.'

HOOFDSTUK 9

Lilith stapte naar buiten door de rode dubbele deuren van Bathory Academy en klom achter in de klaarstaande Rolls-Royce. Daar haalde ze haar mobiel tevoorschijn en checkte haar berichten. Het waren er zes, allemaal van Kristof. Ze drukte meteen de terugbeltoets in en duwde op het knopje dat het scherm tussen haar en de chauffeur omhoog liet schuiven.

'Ik probeer je al de hele avond te bereiken! Waar was je?' vroeg de fotograaf op geïrriteerde toon, zonder de moeite te nemen om haar te begroeten.

'Ik, eh… ga naar de avondschool. Mijn telefoon moet uit tijdens de les.' Haar uitleg was dichter bij de waarheid dan alles wat ze hem tot nu toe verteld had, maar het was nog steeds een leugen.

'Geweldig nieuws! Karl heeft de foto's gezien die ik gisteravond genomen heb. Hij vindt je perfect voor de lancering van Maison d'Ombres! Dus zorg dat je morgenochtend om negen uur met dat sexy kontje van je op de locatie bent. Ik zal je het adres sms'en. Maar eerst wil ik er zeker van zijn dat je goed slaapt vannacht, oké? Als je voor de camera's staat, wil je niet dat je eruitziet alsof je de hele nacht hebt doorgehaald. O, en doe geen moeite om je van tevoren op te maken. Er zijn stylisten die je haar en make-up doen.'

'Denk je echt dat dit een goed idee is, Kristof?' vroeg Lilith. Ze liet in haar stem precies genoeg meisjesachtige opwinding doorklinken.

'Meid, het is in elk geval het beste idee dat ik ooit gehad heb! Morgen wordt een absoluut gekkenhuis, maar je hoeft je echt nergens druk over te maken. Laat alles maar aan mij over.'

Lilith glimlachte toen ze de verbinding verbrak. Tot nu toe ging alles perfect. Behalve dat ze die trut van een Gala de trap af had moeten duwen, had ze nauwelijks vals hoeven spelen om haar zin te krijgen. Toch was het frustrerend dat ze met niemand kon praten over wat er in haar leven speelde.

Want wat was eraan om een model te zijn wanneer je er niet over kon opscheppen tegenover iedereen die je kende om ze jaloers te maken?

'Ik heb nieuwe bloemen meegebracht, oma.' Cally haalde het verlepte boeket uit de vaas op het graf en zette er een verse bos in. Haar hoofd gonsde van alles wat er de afgelopen vierentwintig uur gebeurd was, en het verzorgen van het graf van haar grootouders hielp haar om haar gedachten op een rijtje te zetten.

Ze dacht aan de aanval op de pier de avond ervoor. Ze was zo gericht geweest op het redden van Melinda, dat het nooit in haar opgekomen was dat Peter wel eens deel kon uitmaken van het aanvalsteam. Ze was er zo dichtbij geweest, zo vreselijk, vreselijk dichtbij om die wrede bliksem op zijn rug af te vuren. Geprezen zijn de Stichters dat ze zichzelf op tijd had weten te stoppen... Maar wat als dat niet was gelukt? Wat als ze hem per ongeluk gedood had? De gedachte alleen al maakte dat haar borst verkrampte. Misschien kwam het door alle stress en de emotionele onrust van de laatste paar dagen dat ze haar controle had verloren en Lilith bijna geroosterd had in de les.

Juist op dit soort momenten miste ze haar oma's wijsheid. Sina Monture had haar best gedaan om Cally een normale jeugd te bezorgen, voor zover een kind met een vampiervader, een alcoholiste als moeder en een heks als oma daarop kon hopen. Haar oma zou misschien niet alle beslissingen hebben goedgekeurd die ze had genomen, en ze zou ook vast niet ingenomen zijn geweest met de personen met wie ze zich inliet, maar Cally twijfelde er niet aan dat oma precies zou hebben geweten hoe ze alles weer in orde zou moeten maken.

Cally maakte de uitnodiging open die madame Nerezza haar had gegeven en las de formele chtonische tekst. Het was duidelijk te zien dat haar naam in een ander handschrift was geschreven dan de rest van de uitnodiging.

Het presentatiecomité heeft graag de eer om deze komende Rauhnacht juffrouw Cally Monture te presenteren op het driehonderdenachtendertigste jaarlijkse Grote Bal, op slag van middernacht. Namens de graaf en gravin Orlock, King's Stone, East Hampton, Long Island, New York.

In eerste instantie was Cally heel opgetogen geweest over haar uitnodiging voor het Grote Bal, maar nu de eerste opwinding begon te zakken, vroeg ze zich af of ze eigenlijk wel kon gaan.

Een vampierdebutante moest drie dingen hebben om gepresenteerd te kunnen worden tijdens het Grote Bal: een lange zwarte avondjurk, een begeleider en een vader. Aan het naaien van een jurk was ze al begonnen, maar de begeleider en de vader waren een stuk lastiger te regelen.

Cally had zich altijd voorgesteld dat wanneer ze de ware identiteit van haar vader zou ontdekken, al haar problemen opgelost zouden zijn. Maar nu bleek, dat de wetenschap wie hij werkelijk was alleen maar voor meer problemen zorgde. Cally was er niet zeker van wat erger was: dat haar vader erachter kwam dat ze in het geheim iets had met een Van Helsing, of dat Peter ontdekte dat ze eigenlijk een Todd was. Hoe dan ook, zij trok aan het kortste eind.

En Victor Todd zou er tegenover de Oudbloed-gemeenschap natuurlijk nooit voor uitkomen dat zij zijn dochter was, zeker niet met zijn vrouw en Lilith in het publiek.

Plotseling voelde ze een hand op haar schouder. Cally sprong op als een geschrokken kat en maakte een vlekkeloze landing op de grafsteen van haar grootouders. Daar ontblootte ze haar bijttanden en siste tegen haar aanvaller.

'Rustig maar, Cally,' zei Peter met een zenuwachtig lachje. 'Ik ben het!'

Cally keek hem fronsend aan. 'Wat doe jij hier?!'

'Het spijt me, ik wilde je niet laten schrikken. Ik weet dat we niet afgesproken hadden vanavond, maar na wat er op de pier gebeurd is, wilde ik zeker weten dat alles goed met je was…'

'Alles oké.' Ze sprong van de grafsteen af. 'Ik ben alleen een beetje schrikachtig na gisternacht.'

'Dat is zacht uitgedrukt,' grinnikte Peter. Zijn glimlach verdween toen Cally niet meelachte. 'Is er iets?'

Cally wilde niet toegeven dat ze naar Rest Haven was gegaan om alleen te kunnen zijn met haar gedachten. 'Ik verwachtte je gewoon niet, dat is alles.' Ze probeerde de ergernis in haar stem te verbergen.

'Wat is er aan de hand?' Hij keek haar onderzoekend aan. 'Het lijkt wel of je niet blij bent om me te zien.'

'Dat is het niet, Peter. Het is alleen… nou ja, het was nogal vreemd om te zien dat je mijn vriendin probeerde te doden.'

'Cally, je weet wat ik ben en wat ik doe.'

'Ja, weet ik, maar ik heb er gewoon nooit aan gedacht dat je iemand zou kunnen aanvallen die ik ken. Waarom heb je niet tegen me gezegd dat je daar zou zijn?'

'Het is nooit in me opgekomen dat jij in de Viral Room zou zijn. Het was Drummers beslissing om bij die club te surveilleren.'

'Wie is Drummer?'

'Hij is, ik bedoel, hij wás de leider van het aanvalsteam. We zaten in een bestelbusje aan de overkant van de straat. Drummer herkende het meisje dat we achtervolgden als een zuiger…'

'Een wat?' zei Cally boos. Haar ogen schoten vuur.

'Sorry, ik bedoel een vampier,' corrigeerde Peter zichzelf haastig. 'Hij was degene die besloot haar te volgen. Samantha en ik deden gewoon wat ons gezegd werd.'

'Wie is Samantha?'

'De vrouw die je flink geroosterd hebt, Cally!' antwoordde Peter geprikkeld. 'Volgens dokter Willoughby heeft ze een paar huidtransplantaties nodig op haar rug.'

'Kan mij het schelen,' kaatste Cally terug. 'Ze probeerde Melinda te doden!'

'Dus zij en Drummer verdienden het?'

'Ja! Ik bedoel, nee!' Cally verborg haar gezicht in haar handen. Wat ze ook zei, het was steeds het verkeerde. Ze was er nog helemaal niet klaar voor om het hierover te hebben. 'Ik weet niet wat ik bedoel, Peter. Ik ben gewoon in de war…'

'Cally, wat is er met je aan de hand?' vroeg Peter met een bezorgde blik. 'We hebben nog nooit zo met elkaar gepraat. Het gaat niet alleen om wat er op de pier gebeurd is, of wel?'

'Het spijt me als ik op het moment nogal vreemd doe, Peter.' Ze zuchtte vermoeid. 'Ik heb de afgelopen 24 uur veel voor mijn kiezen gekregen en mijn hoofd duizelt ervan.'

'Wat voor dingen dan?'

'Dat wil ik niet zeggen.'

Peter glimlachte en streek over haar haren. 'Kom op, mij kun je het toch wel vertellen? Je zei zelf dat ik de enige ben met wie je echt kunt praten.'

'Deze keer niet,' zei ze en ze deed een stap bij hem vandaan.

Peter pakte haar stevig bij haar schouder en draaide haar om tot ze oog in oog stonden. Hij duwde zachtjes haar kin omhoog zodat ze elkaar konden aankijken. 'Ik haat het om je zo bezorgd te zien. Zeg alsjeblieft wat er aan de hand is.'

'Er is niks, echt niet. Alleen… alles is zo… ingewikkeld op het moment. Gisternacht toen ik thuiskwam na het gedoe op de pier, zat mijn vader op me te wachten.'

'Je maakt een grapje, toch?' Peters ogen werden groot van verbazing.

'Ik ben bang van niet.' Cally zuchtte. 'Ik wil je best vertellen wie hij is, maar volgens mij is het niet zo handig om dat nu te doen. Als je het goedvindt, wacht ik liever tot ik erachter ben wie ik nou echt ben en waar ik nu eigenlijk in pas.'

'Waar moet je achter komen dan?' Peter glimlachte geruststellend. 'Jij en ik horen bij elkaar. Dat is het enige wat telt, toch?' Hij stapte naar voren en spreidde zijn armen om haar te omhelzen, maar Cally deed snel een stap opzij.

'Dat dacht ik ook, maar nu weet ik dat niet meer zo zeker.'

'Hoe bedoel je?' vroeg Peter. Zijn glimlach gleed van zijn gezicht. 'Je wilt het toch niet uitmaken?'

'Shit... Ik weet het niet, Peter. Het is allemaal zo verwarrend! Ik wil nog steeds bij je zijn, maar ik weet niet hoe lang we elkaar nog kunnen zien voor er iets ergs gebeurt.'

'Waar zouden we bang voor moeten zijn?' vroeg Peter met iets van afkeer in zijn stem.

'Waar moeten we níét bang voor zijn?' antwoordde Cally met een humorloos lachje.

'Ik begrijp het niet. Je hebt altijd gezegd dat ons samenzijn je alle risico's waard is. Waardoor ben je opeens van gedachten veranderd?'

'Ik zal niet tegen je liegen. Door wat gisteren op de

pier is gebeurd, ben ik er weer over na gaan denken. We hebben elkaar bijna gedood!'

'Ja, bijna ja!'

'Daar gaat het niet om. Ik wil niet dat we een afkeer van elkaar krijgen. En toen je het net over je vrienden had, zag ik het in je ogen, ook al was het maar heel even. Je haatte me vanwege wat er met hen gebeurd is.'

Peter keek van haar weg. 'Het was niet jouw schuld, Cally. Je wist niet dat ik het was. Je probeerde alleen je vriendin te helpen.'

'Peter, je begrijpt het niet. Als ik van tevoren had geweten dat jij het was, zou ik precies hetzelfde gedaan hebben. Net zoals jij hetzelfde gedaan zou hebben, zelfs als je geweten had dat Melinda mijn vriendin was. Dat zit nou eenmaal in ons systeem. En ook al weet ik dat je alleen maar deed wat je geleerd hebt, is er toch een deel van me dat kwaad op je is dat je Melly hebt aangevallen. En, ik geef het toe, ik ben zelfs een klein beetje bang voor je. Ik zag de blik in je ogen toen je je omdraaide. Op dat moment haatte je me zo erg als iemand een ander maar kan haten; totdat je me herkende. Dat soort haat verdwijnt niet zomaar, Peter. Dat weten we alle twee.

Ik heb ervan gedroomd dat we konden weglopen om ergens een nieuw leven te beginnen, maar het beste waar we op kunnen hopen, zijn gestolen momenten, niet meer. Er zit geen enkele toekomst in. Niet voor mij en zeker niet voor jou. En daarom wil ik niet dat wat we hebben nog verder verpest wordt.'

Toen ze wilde weglopen, pakte Peter haar arm. 'Doe dit niet, Cally!' smeekte hij. 'We kunnen ervoor zorgen dat het werkt. Ik weet het zeker!'

'Maak het nou niet moeilijker dan het al is, Peter.'

'Nee! Ik laat je dit niet met ons doen!' Hij verstevigde zijn greep. 'Ik hou van je, Cally. Waarom ruk je ons zo uit elkaar?'

Plotseling lag haar hand om zijn keel, haar vingers diep in zijn vlees. Peter liet Cally's arm los en greep naar zijn hals. Hij snakte wanhopig naar adem.

'Snap je het niet?' fluisterde Cally hees terwijl de tranen over haar gezicht stroomden. 'De liefde zal ons altijd uit elkaar rukken.'

Toen Peter wakker werd, lag hij dwars over een graf heen. Hij krabbelde overeind en kreeg een heftige hoestbui, die zijn beurse keel in brand zette.

Hij had met zijn hele hart van Cally gehouden en ze had hem terugbetaald door hem op zijn hart te trappen en hem fysiek aan te vallen. Zijn vader had gelijk: vampiers waren niet te vertrouwen. Zelfs niet degenen die half mens waren. Ze bedierven alles en iedereen met wie ze in contact kwamen, hij was daar geen uitzondering op.

Hij had tegen zijn vader gelogen over waar Cally woonde, hij had met het bewijs geknoeid dat hem naar haar zou kunnen leiden. En waarvoor? Uit angst om hem te verliezen, durfde hij niet aan zijn vader te vertellen wat er gebeurd was. En als de anderen op het Instituut erachter kwamen dat hij de zuiger in bescherming had genomen die verantwoordelijk was voor wat er met Big Ike, Sam en Drummer was gebeurd, zou niemand ooit nog zijn partner willen zijn.

Was er maar een manier waarop hij het goed zou kunnen maken. Misschien kon hij dan 's nachts zijn ogen weer sluiten zonder meteen Drummers gegil te horen...

Peter schuifelde door het tapijt van dorre bladeren, toen zijn oog viel op iets wat op een envelop leek. Toen hij hem oppakte, viel er een formeel uitziende uitnodiging of zoiets uit. De tekst was geschreven in een of ander vreemd ouderwets alfabet. Peter draaide fronsend de envelop om en zag tot zijn verrassing een geprint etiket met een adres in normaal Engels op de voorkant. Zijn ogen werden groot van verbazing toen hij de naam Orlock zag staan.

Vampiers vonden het altijd prettig om te doen alsof ze hoog verheven waren boven de mensheid waarop ze jaagden, maar blijkbaar vonden ze het niet beneden hun stand om gebruik te maken van menselijke uitvindingen zoals de posterijen. Ze zouden nog eens zwaar moeten boeten voor hun onzorgvuldigheid.

HOOFDSTUK 10

Stiekem het huis uit sluipen voor de fotoshoot voor Maison d'Ombres bleek veel eenvoudiger dan Lilith gedacht had. Kort voor zonsopgang zeiden haar ouders elkaar goedendag en trokken zich vervolgens terug in hun eigen slaapkamers. Binnen een paar minuten volgden ook de bedienden van de familie Todd. Ze schuifelden naar de bergkasten op elke verdieping van het penthouse, waar ze de komende uren van daglicht zouden doorbrengen, opgestapeld op de smalle planken als stammetjes haardhout.

De ondode bedienden waren alvast uit het zicht; nu alleen de dagdienst nog. Die bestond uit menselijke slaven: de conciërge van het appartementengebouw, de portier, de dagchauffeurs en boodschappenjongens. Om die te ontlopen hoefde Lilith alleen maar het gebouw via de leveranciersingang te verlaten in plaats van door de voordeur en een taxi aan te houden in plaats van een van de auto's van haar vader te roepen. Zo simpel was het, en heel opwindend.

De shoot werd gehouden in een studiocomplex dat gebruikt werd door de mode- en filmindustrie van New York. Het lag aan West Thirty-fifth, in de ooit beruchte wijk Hell's Kitchen.

Lilith liep de studio op de begane grond binnen en kwam tot haar verbazing terecht op wat wel een filmset leek. In het midden van de tweehonderdvijftig vierkante meter grote ruimte stond een replica van een Parijse zolderkamer – of in ieder geval driekwart daarvan – compleet met een raam dat uitkeek op de Eiffeltoren. De studio was vol met lichttechnici, timmerlui en anderen met een onduidelijker functie, allemaal met een klembord in de ene hand en een beker Starbucks-koffie in de andere, en druk pratend in een headset.

'Lili!' Met een glimlach op zijn gezicht draafde Kristof vanaf de andere kant van de ruimte naar haar toe. Hij werd vergezeld door een magere man met dramatische highlights in zijn haar. 'Je bent precies op tijd!'

'Mijn hemel, Kristof… Ze is absoluut sensationeel!' bracht de andere man uit. Hij sloeg zijn handen voor zijn mond in een overdreven gebaar van verbazing. 'Waar heb je haar in hemelsnaam gevonden?'

'D&G, geloof het of niet,' antwoordde Kristof met een lachje. 'Lili, mag ik je voorstellen aan Tomás, de artdirector van de shoot van vandaag. Ik moet nog wat lampen regelen, dus ik laat je aan hem over.'

'Oké, laten we jou in de make-up zetten.' Tomás nam Lilith bij de arm. 'Kristof zei me dat je nog maagd bent.'

'Wat?!' Liliths wangen kleurden.

'Niet in die betekenis, lieverd.' Tomás lachte. 'Als een ander dan Kristof tegen me gezegd had dat hij iemand zonder enige professionele achtergrond wilde gaan gebruiken voor het lanceren van een nieuwe modelijn, had ik hem in zijn gezicht uitgelachen. Maar als ik één ding zeker weet, is het dat Kristof het nooit mis heeft wanneer het op talent aankomt. En als hij zegt dat jij dit kunt, dan heb ik alle vertrouwen in zijn oordeel.'

In de verste hoek van de studio waren een wasbak zoals in een kapsalon en een goed verlichte make-uptafel aanwezig. De haarstylist en de visagiste stonden al te wachten toen Tomás en Lilith naar hen toe kwamen lopen.

'Dino? Maureen? Dit is Lili Graves, Kristofs nieuwe ontdekking. Ik wil dat jullie haar in orde maken voor close-ups.'

'Daar zijn we voor.' Dino grijnsde en stak een kam in de zak van zijn kauwgomroze designerjeans. 'Man, ik kan niet wachten om aan jouw haar te beginnen! Spring in de stoel, schatje, zodat papa en mama aan het werk kunnen.'

Maureen leunde naar voren en bekeek Liliths gezicht

van heel dichtbij, alsof ze een kunstexpert was die een meesterwerk bestudeerde. 'Je hebt echt een prachtige huid... Het lijkt wel porselein.'

Dino verdeelde Liliths haar in tweeën en Maureen pakte een potje gezichtspoeder. 'We gaan voor een eenvoudige maar elegante look,' legde ze uit. 'Natuurlijk en toch stralend.'

Lilith staarde in de spiegel en keek vol ontzag naar haar eigen gezicht. Haar hele leven was ze gedwongen geweest om een glimp van zichzelf op te vangen wanneer ze maar kon, altijd bang om betrapt te worden. En nu kon ze zomaar naar zichzelf kijken, zo veel ze wilde, en niemand maakte zich er ook maar een beetje druk om. Het voelde ongelooflijk normaal en tegelijkertijd vreemd onwerkelijk, net als vliegen in een droom.

'Ik kan niet geloven dat dit echt is,' mompelde ze.

'Meisje, ik weet hélemaal hoe je je voelt,' giechelde Dino. Hij had haar haren inmiddels in twee kleine knotjes gebonden en bespoot die met een soort haarlak. 'Dit is je droom die uitkomt, schat. Je droom die uitkomt.'

Terwijl Lilith naar haar spiegelbeeld staarde, verscheen plotseling Kristofs gezicht achter haar schouder. Ze kon haar hoofd niet omdraaien, maar zag toch dat er een meisje met bruin haar, iets ouder dan zij, naast de fotograaf stond, met een klembord onder haar arm. Lilith bekeek het meisje wantrouwend. Het idee dat een andere vrouw om hem heen hing, vond ze niet prettig.

'Hoe is het met onze ster, Maureen?' vroeg Kristof.

'Ik heb nog nooit met iemand gewerkt die zo ontspannen is,' zei Maureen terwijl ze een glinsterende lichtroze oogschaduw aanbracht boven Liliths ogen. 'Nieuwe meisjes zitten meestal te draaien en te knipperen, vooral als ik met hun ogen bezig ben. Lili blijft gewoon rustig zitten en laat me mijn werk doen. Geweldig!'

Lilith nam Maureens compliment met een glimlach in ontvangst. Stilzitten als een levensgrote pop terwijl anderen bezig waren met haar make-up en haar, was voor haar net zo normaal als ademhalen. Tenslotte was ze al van jongs af aan uitgebreid verzorgd door haar persoonlijke kleedster, een tweehonderdzestig jaar oud zigeunermeisje genaamd Esmeralda, die ooit verantwoordelijk was geweest voor de uiterlijke verzorging van Madame de Pompadour.

'Lili, dit is mijn assistente, Miriam.' Kristof wees naar het meisje met het klembord. 'Zij regelt al het papierwerk van de shoot. Voor we beginnen, zal ze je wat formulieren laten invullen. Excuseer me, ik moet nog even met de mensen van het licht praten.'

'Hallo Lili, ik heb een VAR-formulier voor je om in te vullen,' zei Miriam, die haar het klembord en een pen voorhield.

'VAR?' echode Lilith, die probeerde niet te laten doorklinken dat ze geen idee had wat dat was.

'Eh, voor de belastingen,' legde Miriam uit. 'Je hoeft alleen je naam, adres en burgerservicenummer in te vullen. Dat is alles.'

'Burgerservicenummer…?' Liliths maag raakte in de knoop; hierop was ze totaal niet voorbereid. Ze had zich voorgesteld dat ze alleen maar naar de studio hoefde te komen, Kristof zijn foto's zou maken en zij beroemd en met een smak geld de studio weer zou verlaten. Maar nu moest ze allerlei formulieren invullen en haar identiteit bewijzen; wat nogal een probleem was, aangezien Lili Graves helemaal niet bestond.

'Hm. Heb je misschien je ID bij je?'

'Nee, ik ben bang van niet.' De waarheid was dat ze niet alleen geen identiteitsbewijs bezat, maar dat ze niet eens wist wat het eigenlijk was, behalve dan dat bloedproppen op tv altijd aan het jammeren waren dat ze hem vergeten hadden.

'Oké, een rijbewijs dan misschien, dat ik kan kopiëren?'

'Ik heb geen rijbewijs,' antwoordde Lilith. Er begon iets van ergernis in haar stem door te klinken. 'Ik rijd geen auto.'

'Wie wel, in Manhattan, hè?' zei Miriam met een lachje. 'Oké dan, een studentenkaart? Of iets anders waar je foto op staat…?'

Bij de Stichters, die vrouw gaf echt nooit op! Lilith haalde diep adem om te kalmeren en zocht intussen naar een simpele, geloofwaardige leugen die haar uit deze situatie zou helpen. 'Ik ben bang dat ik alles nog in m'n kamer op de universiteit heb liggen. Ik had me niet gerealiseerd dat ik het nodig had. Ik doe dit voor het eerst…'

'Hmmm. Geen probleem, Lili. Vul gewoon zo veel mogelijk in. Bij de volgende shoot zorg ik wel dat ik krijg wat we verder nodig hebben voor onze administratie.'

'De volgende shoot?' vroeg Lilith terwijl ze snel wat nepgegevens op de formulieren invulde.

'Hm-hmmm. Maison d'Ombres heeft in ieder geval drie aparte editorial shoots geregeld, in *Elle*, *Vogue* en *Vanity Fair*,' legde Miriam uit. 'Dit is de shoot voor *Elle*. En dan zijn er nog de gewone shoots voor de advertentiecampagnes in alle belangrijke mode- en stijlbladen.'

Kristofs assistente vertrok en Dino haalde de spelden uit Liliths haar, waardoor het in een massa losse krullen omlaag viel. Terwijl hij de lokken achter op haar hoofd vastzette, leunde hij naar voren en fluisterde in haar oor: 'Hoeveel krijg je voor deze shoot, lieverd?'

'Ik weet het niet,' gaf Lilith toe. Ze had er nooit over nagedacht hoe ze eigenlijk betaald zou krijgen. Aangezien Gala een miljoen dollar had gekregen, had ze automatisch aangenomen dat zij ook een miljoen zou krijgen. 'Eigenlijk hebben we het daar nog niet echt over gehad…'

'Daar was ik al bang voor,' zei de haarstylist met een wrang lachje. Hij gaf haar een visitekaartje. 'Hier, pak aan. Een vriend van me is agent. Bel hem voordat dit uit de hand loopt. Je hebt een contract nodig, schat, en snel! Ik zou niemand in deze business vertrouwen als ik jou was. Ze glimlachen allemaal naar je en vertellen je hoe mooi en talentvol je bent, en daarna steken ze je bij de eerste de beste gelegenheid een dolk in de rug. De waarheid is dat het een stelletje bloedzuigers is.'

'Dino heeft gelijk, schat,' knikte Maureen. Ze krulde voorzichtig Liliths wimpers en bracht een dun laagje zwarte mascara aan. 'Een meisje dat zo jong en mooi is als jij, heeft iemand nodig die voor haar opkomt en voor haar zorgt.'

Lilith staarde een tijdje naar het kaartje en deed het toen in haar zak. 'Vind je me echt mooi?'

'Natuurlijk ben je mooi, lieverd!' Dino lachte. 'Heeft niemand dat eerder tegen je gezegd?'

'Mijn hele leven al. Ik wist alleen nooit of ze de waarheid spraken of niet.'

'Domme meid! Je hoeft alleen maar in een spiegel te kijken om te zien dat het waar is.'

'Zo eenvoudig ligt dat niet,' antwoordde Lilith sip. 'Voor mij niet, tenminste.'

Dino tuitte ontzet zijn lippen. 'Modellen! Ik zal nooit begrijpen hoe het kan dat zulke ongelooflijk mooie mensen zo onzeker kunnen zijn.'

Het was bijna half elf tegen de tijd dat Liliths haar en make-up klaar waren. Toen moest ze naar de kleedruimte. Een kleine, vogelachtige vrouw die Enid heette, hielp haar in haar eerste outfit van de dag: een boterbloemgele ballonjurk met een zwarte strik. On-der normale omstandigheden zou Lilith met zoiets aan zelfs niet dood in een vuilniscontainer gevonden wil-len worden.

'Oké Lili, dit is wat we met deze fotoshoot van plan zijn,' zei Tomás toen hij met haar meeliep naar de set die klaar stond. 'We borduren erop voort dat Maison d'Ombres een Frans label is. Daarom heeft onze onge-looflijk getalenteerde setdesigner en rekwisietenman, Enrique, deze replica van een klassiek Parijs' zolder-kamertje gebouwd. Je kunt zelfs de Eiffeltoren zien uit het raampje. Schattig, toch? Maar goed, het thema van deze redactionele spread is dat van een artieste die honger lijdt op haar kleine kamertje, de slaaf van haar muze, net zoals die Franse schilder Toulouse-Lautrec, behalve dan dat jij hot en jong bent en prachtige benen hebt. Je portretteert een dichteres, een schilder, een danseres, een muzikant; elke keer in een andere out-fit van Maison d'Ombres waarin je jezelf helemaal kunt laten zien. Denk je dat je dat voor elkaar krijgt?'

'*Mais oui*.' Lilith glimlachte.

Zeven uur en vijf keer verkleden later stak Kristof zijn hand omhoog en kondigde aan: 'Dat was het, mensen. Het is klaar, finito!'

Lilith, die een rode zijden blouse droeg die wel wat leek op een traditionele schilderstuniek, legde de lange penseel neer waarmee ze zogenaamd een incompleet doek had afgemaakt. Op het schilderij stond een man met een bolhoed en een groene appel voor zijn gezicht.

Maureen rende naar haar toe vanaf haar plek achter de camera en verwijderde de gekleurde vegen die ze op het gezicht van haar model had gesmeerd om verfvlekken te imiteren.

'Een applausje voor onze prachtige ster, Lili Graves!' Tomás stapte achter het beeldscherm vandaan waarop hij de foto's van Kristofs digitale camera bekeek. 'Ik denk dat ik voor iedereen spreek wanneer ik zeg dat Lili hier het vandaag fantastisch gedaan heeft!'

Lilith gaf de kleren die ze gedragen had, terug aan de stylist en zuchtte van opluchting toen ze weer de lage jeans en het kasjmier truitje kon aantrekken waarin ze gekomen was. Toen ze haar zwartleren enkellaarsjes van Prada dichtritste, keek ze even op haar horloge. Het was dik na vijven in de middag, wat betekende dat het al snel donker zou worden. Als ze zich haastte, kon ze nog op tijd in het penthouse zijn en zich omkleden in haar schooluniform voordat de nachtploeg wakker werd en ontdekte dat ze er niet was.

Ze keek op van haar horloge en zag tot haar verbazing Kristof voor haar staan, met een verwachtingsvolle blik in zijn ogen.

'Ik vroeg me af of je zin hebt om vanavond wat met me te gaan eten.'

'Dat zou ik graag doen, maar het is al laat en ik heb vanavond, eh… avondschool. Ik moet echt weg. Ik kom in de problemen als ik spijbel...'

'Ik had gehoopt dat ik met je kon praten over je contract en de volgende fotoshoots,' zei Kristof, die er nogal teleurgesteld uitzag. 'En bovendien heb ik nog iets wat ik je wilde geven, een cadeautje...'

'Heb je een cadeautje voor me?' vroeg Lilith opgewonden. 'Wat dan?'

'De enige manier waarop je daarachter kunt komen, is door met me uit eten te gaan.' De fotograaf glimlachte.

Lilith wierp weer een snelle blik op haar horloge. Als ze terug wilde zijn in het penthouse voordat ze ontdekten dat ze verdwenen was, moest ze echt nu gaan, maar ze wilde ook erg graag het cadeau krijgen dat Kristof voor haar had. Lilith zou zelfs met liefde over een bak gloeiende kolen versierd met roestig prikkeldraad en gebruikte spuiten lopen, als aan het einde een doosje met een strik op haar stond te wachten.

Wat nu? Wat nu?

'Meende je het echt toen je tegen de anderen zei dat ik het geweldig gedaan heb?' vroeg Lilith toen de ober haar salade niçoise voor haar neerzette.

'Natuurlijk meende ik dat! Zoals ik al zei: ik lieg nooit, tenzij ik verliefd ben...'

'En zelfs dan niet voor het derde afspraakje,' maakte Lilith de zin voor hem af.

'Dit is pas ons tweede afspraakje.' Kristof grinnikte.

'Dus je kunt nog steeds alles geloven wat ik zeg. En ik zeg je nu dat je het ongelooflijk goed gedaan hebt vandaag, Lili.'

Lilith glimlachte en sloeg haar ogen neer. Ze prikte in haar salade. Ze had nog nooit zo veel tijd alleen met een mens doorgebracht. Al vond ze het, om eerlijk te zijn, steeds moeilijker om Kristof alleen maar te zien als zomaar een bloedprop. 'En wat is nu het cadeautje dat je me wilde geven?' Al vanaf het moment dat ze de studio verlaten hadden, had Lilith geprobeerd te raden wat Kristof voor haar gekocht had. Het moest wel een of ander sieraad zijn, want het enige wat hij bij zich had, was een leren portfolio, ongeveer zo groot als een opschrijfboek. Misschien was het een tennisarmband of een horloge? Of een paar oorbellen? Het zou zelfs een ketting kunnen zijn, of een ring.

'Ik heb een cadeautje en een verrassing voor je. Welke wil je eerst?' vroeg hij met een ondeugende glimlach.

'Het cadeautje!'

'Alsjeblieft dan.' Kristof schoof het leren portfolio over de tafel naar haar toe.

De glimlach verdween onmiddellijk van Liliths gezicht. Toegegeven: het portfolio was van tamelijk mooi leer, maar het was ook weer niet zoiets als een handtas of een portefeuille. Er stond niet eens een gouden stempel op of zo.

'Toe maar, kijk er maar in,' zei hij.

Lilith sloeg de map open en keek recht in het gezicht

van een vrouw die haar vaag bekend voorkwam, met doordringende ijsblauwe ogen en honingblonde haren. Met een schok realiseerde Lilith zich dat ze naar foto's van haar eigen gezicht keek. 'Dit zijn de foto's die je in jouw appartement gemaakt hebt!' Ze bladerde door de plastic hoesjes die in de map zaten.

'Vind je ze mooi?'

'Kristof, niemand heeft me ooit zoiets gegeven, m'n hele leven niet!' antwoordde Lilith, en voor één keer sprak ze de complete waarheid.

'Elk serieus model heeft een portfolio. Dat noem je je "boek". Je neemt het mee als je naar *go-see's* gaat.'

'*Go-see's*?' Lilith fronste haar wenkbrauwen.

'Sollicitatiegesprekken met modeontwerpers en andere potentiële cliënten,' legde Kristof uit. Hij zuchtte en schudde zijn hoofd. 'Je hebt hier allemaal nog niet erg goed over nagedacht, hè?'

'Hoe bedoel je?' Lilith schoot meteen in de verdediging.

'Kijk, als we nog meer gaan samenwerken, zul je eerlijk tegen me moeten zijn, Lili, vooral over de belangrijke dingen.'

'Ik begrijp niet wat je me probeert te vertellen, Kristof.'

'Lili, ik weet dat je nog geen achttien bent. Als burgerservicenummer heb je vier nul drie twee ingevuld, in godsnaam! Je weet niet eens hoe zo'n nummer eruit hoort te zien, of wel?'

Lilith opende haar mond, klaar voor een volgende ronde ontkenningen, maar bedacht zich toen. Het was een stuk beter wanneer Kristof haar aanzag voor een minderjarig meisje dat deed alsof ze al studeerde, dan dat hij ontdekte dat ze een minderjarige vampier was die zich probeerde voor te doen als mens.

'Je hebt gelijk,' gaf ze toe en ze liet haar schouders zakken.

'En hoe oud ben je echt? Vijftien? Zestien?'

'Zestien.'

Kristof haalde diep adem en wreef over zijn gezicht, alsof hij plotseling heel moe was. 'Nou ja, een typische goed nieuws/slecht nieuws-situatie dus. Het goede nieuws is dat jong zijn geen nadeel is in deze business. De meeste modellen zijn van jouw leeftijd.'

'En wat is dan het slechte nieuws?'

'Dat er geen derde afspraakje gaat komen, ben ik bang. In ieder geval niet de komende jaren. Ik heb absoluut geen zin in een bezoekje van je vader.'

'Ik ben niet bang voor mijn vader,' zei Lilith stuurs.

'Nou, dan is in elk geval een van ons niet bang,' grinnikte Kristof. 'Waarschijnlijk zijn we zelfs ongeveer even oud.'

'Nee, mijn vader is een stuk ouder dan jij,' verzekerde ze hem. 'En bij lange na niet zo cool. Hij is een klootzak en een leugenaar. Ik heb het geld van dit baantje nodig om op mezelf te kunnen gaan wonen. Dan hoef ik geen last meer te hebben van m'n familie. Ik ben het zo zat dat ze voortdurend proberen mijn hele leven te controleren en me te vertellen wat ik moet doen!'

'Nou ja, dat is ook niet echt ongebruikelijk in deze business.' Kristof zuchtte. 'Lili, ik wil m'n nek wel voor je uitsteken en liegen over hoe oud je bent en dat soort dingen. Maar ik zal ook een afspraak voor je regelen met een goeie advocaat. Die kan je helpen om jezelf los te maken van je familie, als dat echt is wat je wilt. Wil je weten waarom ik bereid ben om die risico's te nemen? Omdat meer dan vijftig procent van de foto's die ik vandaag gemaakt heb, bruikbaar is.'

'Is dat goed?'

'Kind, er zijn supermodellen met wie ik gewerkt heb die dat percentage nog niet halen. Voor iemand die zo onervaren is als jij, is het ongehoord. Je bent een fenomeen, Lili! Als wat je vandaag gedaan hebt, enige aanwijzing is voor de toekomst, gaan we de hele modewereld op zijn kop zetten. En ik wil erbij zijn wanneer dat gebeurt!'

'Je zei dat je ook nog een verrassing voor me had,' zei Lilith. 'Wat is het?'

'De uitgever van *Vanitas* geeft vanavond een Halloweenfeestje. Een heleboel mensen uit de mode zullen daar zijn. Ik denk dat het een goed idee zou zijn als je die mensen ontmoet, je gezicht daar laat zien. Wat vind je ervan?'

Lilith keek even op haar horloge. School was inmiddels allang bezig. Ze wist dat ze in de problemen zou komen omdat ze spijbelde, toch kon ze zich er niet echt druk over maken. Dat was iets in de wereld van Lilith Todd, niet die van Lili Graves. Lili Graves was een meisje zonder grenzen, zonder verwachtingen. En op dit moment had Lilith meer plezier in het leven van haar alter ego dan in dat van haarzelf.

'Klinkt leuk,' antwoordde Lili.

HOOFDSTUK 11

Zuchtend liep Cally door de kantine van Bathory Academy, op zoek naar een tafeltje. Normaal gesproken at ze om middernacht altijd met Melinda en de zusjes Maledetto, maar Melly had ze niet meer gezien sinds het incident op de pier, en haar vader had haar verboden om met de tweeling om te gaan. Lang zou het niet duren voor de andere leerlingen doorkregen dat ze opnieuw alleen stond. Dan zouden het getreiter en gepest weer beginnen. En daarmee, vreesde Cally, ook het risico dat ze per ongeluk de Schaduwhand zou oproepen.

De tafel met de Vamps was natuurlijk geen optie. Lilith was vanavond weliswaar nog niet op school gesignaleerd, maar haar adjudant, Carmen, bewaakte jaloers haar territorium en zorgde ervoor dat ongewenste indringers op een afstand bleven.

Heel even overwoog Cally om aan de tafel van de

Amazones te gaan zitten, maar besloot toen toch maar van niet. Tenzij je net zo goed was als zij in vliegend vechten en gedaanteverwisseling, zouden ze eerder je kop in de plee duwen dan een stoel voor je bijschuiven. Cally had juist bijlessen gedaanteverwisseling nodig om op hetzelfde niveau te komen als haar klasgenoten, en ze voelde er niet veel voor om haar haren door hen te laten wassen.

Dan bleef alleen de tafel met nerds over, maar dat was eigenlijk nog erger dan alleen zitten. Tenslotte was het juist de bedoeling om níét het mikpunt van pesterijen te worden.

Uiteindelijk besloot ze om het risico maar te nemen dat ze de aandacht zou trekken en ze ging aan een lege tafel zitten. Ze keek fronsend naar haar zak met O-positief. De laatste dagen had ze niet echt veel gegeten, dus ze zou eigenlijk honger moeten hebben, maar toch kreeg ze niet meer dan een paar kleine slokjes naar binnen.

'En waar ben jij in stichtersnaam mee bezig?!'

Tot haar verbazing zag Cally Melinda aan de andere kant van de tafel staan, haar handen op haar heupen en een boze trek om haar mond.

'Melly! Je bent er weer!' Cally grijnsde en sprong op om haar vriendin te omhelzen. 'Ik was bang dat de Van Helsings je eronder hadden gekregen.'

'Over mij hoef je je niet druk te maken,' zei Melinda en ze duwde Cally van zich af. 'Ik heb aan het bed van een zieke vriend gezeten. Maar ik wil wel eens weten wat er met jóú aan de hand is!'

'Hoe bedoel je?'

Melinda deed een stap opzij; achter haar stonden Bella en Bette.

Zodra Cally de tweeling zag, pakte ze haar dienblad en maakte aanstalten om naar een andere tafel te verhuizen.

Melinda ging voor haar staan en blokkeerde haar de doorgang. 'Eén nacht ben ik weg en als ik terugkom, behandel je Bette en Bella als, als, nou ja… zoals Lilith altijd doet! De enige reden dat ik je niet meteen een schop tegen je kont geef, is dat ik je wat schuldig ben. Maar dat betekent nog niet dat je ermee wegkomt om je als een complete überbitch te gedragen.'

'Ben je boos op ons, Cally?' vroeg Bette met een klagerige stem.

'Nee, ik ben niet boos, Bette.' Cally zuchtte. 'Jij hebt niets fout gedaan, en Bella ook niet. Het komt door mijn moeder. Ze wil niet dat ik met jullie omga.'

'Hoe komt het dat je moeder opeens zo moeilijk doet over de tweeling?' vroeg Melinda met een frons.

Cally wilde wel eerlijk zijn tegen haar vriendinnen, maar ze betwijfelde of het er makkelijker op zou worden wanneer ze hun de waarheid vertelde. En dus besloot ze om hun alleen een deel te vertellen. 'De broer van Bella en Bette heeft me laatst een lift naar huis gegeven en nu heeft mijn moeder allerlei overhaaste conclusies getrokken. Ze wil dat ik me niet meer met de Maledetto's inlaat.'

'Heb je onze broer ontmoet?' vroeg Bella verbaasd.

'Heeft Lucky jullie dat niet verteld?'

Bella schudde haar hoofd. 'Sinds hij voor papa werkt, zien we Lucky niet zo vaak meer.'

'Vind je hem leuk?' vroeg Bette.

'Nou ja, hij lijkt me wel aardig.' Cally haalde haar schouders op.

'Een boel dingen zijn anders dan ze lijken,' zei Bella met een grimmige uitdrukking op haar gezicht. 'En Lucky is daar een van.'

Melinda knipte met haar vingers. 'Daar hadden we het niet over,' zei ze pinnig. 'Dus wat jij zegt, is dat je moeder niet wil dat je met de tweeling omgaat omdat ze iets tegen de Strega heeft? Dat ze bang is dat je iets krijgt met hun grote broer? Is dat het?'

'Min of meer,' zei Cally, opgelucht dat ze niet méér hoefde te liegen dan ze nu al gedaan had.

Bella en Bette wisselden een blik en zuchtten toen alle twee diep. 'Mijn zus en ik begrijpen hoe belangrijk familie is,' zei Bette plechtig, en Bella knikte instemmend. 'We respecteren je beslissing om aan de wens van je moeder te voldoen, ook al kost ons dat je vriendschap.'

Cally keek toe hoe de twee meisjes zich omdraaiden en teleurgesteld wegliepen, met hangend hoofd en gebogen schouders. Ze was opgelucht dat Bette en Bella niet kwaad op haar waren, maar om ze zo verloren te zien, maakte dat ze zich voelde alsof ze net een zak vol pluizige kittens in de rivier had gegooid.

'Ik hoop dat je tevreden bent,' zei Melinda. 'Lekker je vriendinnen dumpen zonder je schuldig te voelen...'

'Ik ben allesbehalve tevreden. Ik baal er meer van dan je je kunt voorstellen,' antwoordde Cally. 'Het laatste wat ik wilde, is hen behandelen zoals Lilith doet.' Ze stopte even en keek om zich heen. 'Over Lilith gesproken: ik heb haar vanavond nog niet in de kantine gezien.'

'Als ik haar een beetje ken,' zei Melinda met een zuur lachje, 'is ze ergens waar het superchic is. Je weet wel: opwindend, laaiend exclusief en lachwekkend duur.'

Het Halloweenfeest van *Vanitas* werd gehouden in een evenementenruimte in een van de oude wolkenkrabbers die uitkeken op Union Square. Obers met zilveren dienbladen vol champagne en garnalencocktails liepen de enorme keuken in en uit, terwijl verklede gasten door de boogramen over het park uitkeken of op een van de loungebanken of poefen zaten, die verspreid in de ruimte stonden.

Kristof leidde Lilith tussen de mooie mensen door en stopte zo nu en dan om kort te praten met vrienden en zakenrelaties. Na een paar minuten slenteren door de mensenmassa, slaagde de fotograaf erin de gastvrouw van het feest te lokaliseren: Fiona Alphew, uitgever van

Vanitas, een van de meest gerespecteerde bladen in de mode-industrie.

De uitgever en miljonair was verkleed als Medusa, compleet met zeer realistisch uitziende adders in haar haren. Ze glimlachte warm toen Kristof naar haar toe liep. 'Daar ben je!' zei ze. 'Ik was al bang dat je het niet zou redden.'

'Schat, je weet toch dat ik jouw feesten nooit mis,' antwoordde de fotograaf. 'En trouwens, ik wil je graag mijn nieuwste ontdekking voorstellen: Lili Graves.'

'O. Mijn. God!' riep Fiona bewonderend uit. 'Waar heb je haar in hemelsnaam gevonden, Kristof? Ze is adembenemend!'

'Dat is een lang verhaal, schat. Een verhaal dat het geweldig zou doen in je blad.' Hij knipoogde naar haar en kneep even in haar arm.

'Altijd aan het ritselen!' De oudere vrouw lachte. 'Kijk maar uit, lieverd. Hij kan heel goed kletsen maar het blijft een duivel.'

Kristof pakte twee glazen champagne van het blad van een passerende ober en gaf er een aan Lilith. Ze bracht het glas wel naar haar lippen, maar dronk niets. Zodra Kristof zich omdraaide om verder te praten met Fiona, goot Lilith het glas discreet leeg in een vlakbij staande plantenpot.

'Zo, en wie zijn er allemaal vanavond?'

'Naomi staat daar bij het buffet, verkleed als Marie-Antoinette. En ik zag Tyra net met Anna staan smoezen.'

Kristof scande de drukke ruimte, toen zijn gezicht ineens bleek werd. 'O mijn God... Wat doet zij hier?! Zou zij niet nog in het ziekenhuis moeten liggen?'

Lilith volgde de blik van de fotograaf naar de andere kant van de zaal en zag daar tot haar verrassing Gala zitten, in een rolstoel. Beide benen van het model zaten in het gips en waren vastgemaakt aan een constructie die het midden hield tussen een stel skischoenen en een middeleeuws martelwerktuig. Achter haar stond een lange man van begin dertig met zandkleurig haar.

'Het was het idee van haar agent,' zei Fiona zuur. 'Toen hij bij Ford wegging, heeft hij haar meegenomen. Ze was zijn enige mogelijke weg naar succes.'

'Nou ja, ik kan maar beter even naar haar toe gaan en gedag zeggen.' Kristof dronk zijn glas leeg, haalde diep adem, zette een glimlach op en liep toen dwars door de zaal op haar af. 'Gala! Lieverd!'

'Kristof!' Het model greep zijn handen beet en liet ze niet meer los. Haar brede glimlach was wanhopig. 'Ik hoopte al dat je hier zou zijn!'

'Hoe voel je je, meisje? Ik moet zeggen dat het me verbaast om je al zo snel weer te zien.'

'Je kent mijn agent toch, Derek?'

'Ja, natuurlijk,' antwoordde Kristof.

'Ik kreeg gisteren een telefoontje van Karl,' flapte Derek eruit. Zijn stem klonk enigszins lijzig door de drank. 'Hij verwacht dat Gala haar voorschot terugbetaalt. Of in elk geval wat ervan over is. Hij zegt dat ze contractbreuk heeft gepleegd.'

'Wat? Het spijt me dat te horen, Derek. Dat wist ik echt niet.'

'Het was een ongeluk, Kristof! Het was verdomme een ongeluk!' Dereks stem was zo luid dat hij makkelijk boven het feestgedruis uit kwam. 'Het was niet Gala's fout dat ze van de trap is gevallen en haar benen heeft gebroken.'

'Nou ja, ik was wel dronken,' gaf Gala met waterige ogen toe.

'Hou je mond!' snauwde Derek. 'Ik zou het woord doen! Je zit onder de pijnstillers. Jij weet niet wat je zegt!'

'Kijk Derek, ik heb er niets over te vertellen wat Karl doet,' zei Kristof, die zijn best deed om zijn stem kalm te laten klinken. 'Hij neemt al zijn beslissingen samen met Nazaire en die zakenpartner van hen. Maar je had kunnen weten dat we niet op Gala konden wachten.

Gelukkig hebben we op het laatste moment nog een vervanger kunnen vinden.' Hij draaide zich om en gebaarde naar Lilith dat ze moest komen. 'Lili, kom eens hier? Ik wil je graag aan Gala voorstellen.'

Zodra Lilith een stap naar voren deed, trok het laatste beetje kleur uit Gala's gezicht weg. Haar lichaam begon ongecontroleerd te schudden, haar hoofd rolde naar achteren in haar nek en er verscheen schuim op haar kleurloze lippen.

'Ze heeft een aanval!' schreeuwde Derek. Hij keek

geschrokken om zich heen terwijl zijn melkkoe spastische bewegingen begon te maken. 'Laat iemand 112 bellen!'

Er klonk het geluid van iets vloeibaars dat op de hardhouten vloer kletterde, gevolgd door een scherpe ammoniaklucht. De mensen die het dichtst bij de rolstoel stonden, lieten een gezamenlijk 'Ieieieuw!' horen terwijl ze wegstapten van de plas die zich op de vloer vormde.

'Getver!' riep Lilith uit en ze trok vol afschuw haar neus op. 'Ze heeft in haar broek gepist!' Ze keek toe hoe die loser van een agent zijn voormalige ster als een kapot stuk speelgoed de zaal uit reed. Ze moest haar best doen om niet triomfantelijk te grijnzen. Net goed voor die trut.

'Ze is er erger aan toe dan ik dacht.' Kristof schudde afkeurend zijn hoofd. 'Dat kind hoort in het ziekenhuis te zijn, in plaats van hier te netwerken.'

De ober die het kortste strookje getrokken had, kwam aanlopen met een emmer en een dweil en begon het bewijs van Gala's aanwezigheid op het feest op te ruimen.

Kristof nam Lilith bij de hand en leidde haar weg.

Lilith zag de verklede mensen om zich heen een naar het scheen eindeloze stroom wijn en cocktails drinken, en ze voelde hoe ze steeds prikkelbaarder werd. Ze had ongeveer net zo veel lol als de bob op een eindexamenfeest. Ze haatte het dat ze niet mee kon feesten met de anderen. Anders dan de mensen om haar heen, kon ze haar drank alleen tweedehands tot zich nemen.

Plotseling begon haar mobiel 'Smile For the Paparazzi' van Cobra Starship te spelen. Lilith haalde de telefoon uit haar handtasje en zette hem uit.

'Was dat je vriendje?'

'Ach, niks dat niet kan wachten,' antwoordde ze schouderophalend.

'Maar je hebt wel een vriendje, toch?' zei Kristof plagerig. 'Ik bedoel, zo'n mooi jong meisje als jij... Het zou me verbazen als het niet zo was.'

Lilith aarzelde even en knikte toen. Ze wilde Kristof niet te veel informatie over zichzelf geven, maar tegelijkertijd voelde ze zich gevleid door zijn interesse. En bovendien vond ze het altijd moeilijk om een gelegenheid om over zichzelf te praten te laten passeren. 'Ja, zo kun je hem wel noemen, geloof ik.'

'Is het serieus?'

'Ik dacht altijd van wel... Maar nu weet ik het niet zo zeker meer. Sinds we voor het eerst samen waren, is er zo veel veranderd.'

'Dat is altijd zo als je zo oud bent als jij.' Kristof gaf haar een geruststellend schouderklopje. 'Maak je niet druk, dat is heel normaal. Maar, eh... ik moet even naar het toilet. Anders ga ik straks nog een imitatie van Gala's kunststukje weggeven. Ik ben zo terug.'

Lilith was al sinds haar dertiende niet meer nuchter

geweest op een feestje en ze was niet van plan om deze keer een uitzondering te maken. Het was alleen een kwestie van uitzoeken wie, wanneer en waar... Ze liet haar blik door de ruimte gaan, op zoek naar een geschikte prooi. Al snel zag ze een jongen van een jaar of twintig in een piratenkostuum die moeite had om op zijn benen te blijven staan. Eerst dacht ze dat hij gewoon helemaal in zijn rol opging, maar toen ze hem wat beter bekeek, realiseerde ze zich dat hij niet alleen dronken was, maar zelfs compleet van de wereld.

Ze liep op de namaakpiraat af, die een glas rumcola dronk, en bood hem haar gepatenteerde glimlach. 'Leuk kostuum.'

'Dank je,' zei de piraat. Hij probeerde krampachtig om rechtop te blijven staan. 'Ik, eh... ik heet Tim, trouwens.'

'Hoi Tim, ik ben Lili.'

'Ben je model?'

'Dat zou je kunnen zeggen.'

'Cool,' zei Tim Piraat en hij liet zijn hoofd op en neer knikken. 'Ikke... ik ben as...assistent.'

'Ben je niet een beetje jong om arts-assistent te zijn?'

'Ha! Goeie!' Tim lachte. 'Nee, ik werk als assistent bij *Vanitas.*'

'O, dat is ook cool, toch?' zei Lilith. Ze had de prop aan de haak geslagen. Het enige wat ze nu nog moest doen, was hem zo snel mogelijk scheiden van de rest van de kudde. 'Ik ga even een frisse neus halen.' Ze wees naar de deur die naar het terras leidde. 'Zin om mee te gaan?'

'Echt wel,' antwoordde Tim de Piraat-Assistent. 'Een beetje frisse lucht kan geen kwaad op het moment.'

Het had Kristof meer tijd gekost dan hij gedacht had om bij de toiletten te komen. Tegen de tijd dat hij terug was op het feest, was Lili nergens te bekennen. Hij hield een passerende ober aan die een blad hors d'oeuvres droeg. 'Heb je de jongedame die hier een paar minuten geleden nog stond misschien ergens gezien?'

'Bedoel je dat ontzettende lekkere blondje?' vroeg de ober. 'Het laatste wat ik gezien heb, is dat ze het terras op ging met een of andere loser, verkleed als piraat. Zeker op zoek naar wat wilde actie.'

Op dat moment gingen de dubbele terrasdeuren open en kwam Lilith de zaal binnen, zonder haar piratenvriendje.

Kristof keek op het terras en zag de jonge man in elkaar gedoken op een marmeren bank zitten, vlak bij de reling. 'Wat is er met je vriendje gebeurd?' vroeg hij.

Lilith wist niet wat Tim Piraat eerder die avond had gedronken, geslikt, gesnoven en gerookt, maar ze voelde zich aangenaam wazig en licht in haar hoofd. Ze giechelde. 'Ik ben bang dat hij van z'n schip is gedonderd.'

Cally keek uit het raam van de trein, die over de Williamsburgbridge in de richting van de lichten van

Brooklyn reed. Ze klapte haar mobiel open en bladerde door haar adresboek tot ze het nummer vond dat ze zocht. Ze haalde diep adem, sloot haar ogen en toetste op 'bellen'. Terwijl ze telde hoe vaak de telefoon overging, zei ze tegen zichzelf dat ze gestoord was dat ze dit deed.

'Hallo?'

Cally schrok zo van Jules' stem dat ze haar telefoon bijna liet vallen. 'O! Hoi! Ik dacht dat ik je voicemail zou krijgen,' zei ze met een nerveus lachje.

'Met wie spreek ik?' vroeg Jules.

Cally hoorde op de achtergrond het gedempte gedreun van keiharde dance.

'Lilith, ben jij dat?'

'Nee, ik ben het, Cally. Een paar dagen terug heb je me je nummer gegeven, weet je nog?'

'O! Hé, Cally!' Jules stem klonk meteen een stuk vrolijker. 'Een momentje, oké? Ik loop even ergens heen waar ik kan praten.'

Aan de andere kant klonken loopgeluiden, gevolgd door het piepen van een deur. Plotseling werd het achtergrondlawaai een stuk minder.

'Zo, da's beter.' Jules zuchtte opgelucht. 'Dus, je bent van gedachten veranderd over het Grote Bal?'

'Nou ja, ik, eh… ik bel je toch?'

'Cool! Dus je wilt dat ik je begeleid?'

'Ja. Dat wil zeggen, als je nog beschikbaar bent?'

'Natuurlijk wil ik nog steeds je begeleider zijn. Maar

ik dacht dat je Lilith niet tegen de haren in wilde strijken. Ben je niet bang dat ze woest wordt?'

Terwijl Cally nadacht over Jules' vraag, kreeg ze plotseling een vreemde sensatie in haar linkerhand, die op
haar knie lag. Het leek wel een beetje op het tintelende
gevoel dat ze had ervaren toen voor het eerst was geble-
ken dat ze stormen kon oproepen, toen ze dertien was.
Het verschil was dat het gevoel dat bij het stormverzamelen hoorde van buiten kwam, terwijl dit binnen in
haar leek te ontstaan, alsof een onzichtbare kracht zich
samenbundelde in haar hand.

'Niet meer,' antwoordde Cally.

HOOFDSTUK 12

Het was net na zonsopgang toen Lilith eindelijk naar huis ging. Aangezien haar ouders zich
meestal vlak voor de ochtend in hun aparte slaapkamers terugtrokken, had Lilith gehoopt dat ze ongemerkt het penthouse kon binnenglippen.

Maar toen de liftdeuren openschoven, zag ze een
woedende Victor Todd als een gekooid dier door de
hal heen en weer lopen.

'En waar ben jij geweest, jongedame?' gromde Victor.
Hij greep zijn dochter bij haar arm en trok haar de lift
uit.

'Laat me los!' gilde Lilith terwijl haar vader haar het
appartement in sleepte.

'Je was niet in je slaapkamer toen de bedienden je
vanavond kwamen wekken, en ik weet dat dat niet was
omdat je haast had om op school te komen. Madame
Nerezza heeft persoonlijk gebeld om me te melden dat

je helemaal niet op Bathory aangekomen bent!' snauwde Victor kwaad. Hij sloeg de deur achter hen dicht.

'U knijpt m'n arm fijn!'

'Ik zou je mooie, kleine nekje moeten fijnknijpen. We maakten ons verschrikkelijk ongerust, Lilith! Voor hetzelfde geld lag je ergens in een greppel met een staak door je hart, wisten wij veel!'

'Of u dat iets zou kunnen schelen!' beet Lilith terug. Ze trok zich los uit haar vaders greep. 'De enige reden dat u niet wilt dat ik doodga, is omdat u dan weer in hetzelfde bed zou moeten gaan slapen als mijn moeder.'

'Hoe durf je zo tegen me te spreken?' bracht Victor uit. 'Ben je dronken?'

'Ja, duh?' sneerde Lilith. 'Ik kom altijd dronken thuis, pap. Als u ook maar een beetje aandacht voor me had, zou u dat weten.'

'Waar heb je dat vandaan?' vroeg Victor. Hij wees naar het leren portfolio dat ze bij zich had.

'Niks, gewoon een notitieblok, da's alles.' Lilith verborg de map achter haar rug.

'Als het niets is, mag ik er vast wel even naar kijken.' Victor probeerde het portfolio uit zijn dochters handen te grissen.

'Laat me met rust!' schreeuwde Lilith. 'Dit is van mij! U mag het niet zien.'

'Ik heb genoeg van dit soort nonsens, Lilith,' zei Victor boos. 'Je hebt voorlopig huisarrest!'

Liliths mond viel open, alsof haar spieren plotseling

verlamd waren geraakt. 'Wat?!'

'Je hoorde me heus wel. Je cijfers zijn abominabel slecht. Vanaf nu geen gefeest meer tot aan de ochtend met die vrienden van je. Studeren zul je. En ik laat ook je platinum creditcards blokkeren. Je zult het moeten doen met een goldcard.'

'Dat kunt u me niet aandoen!' pruilde Lilith. Ze stampte met haar voet. 'U bent vreselijk onredelijk.'

'Nee, vreselijk onredelijk zou ik zijn als ik besloot om je thuis te houden van het Grote Bal,' beet haar vader terug.

'U zou niet durven!' Liliths ogen stonden vol tranen. 'Ik word als laatste van de avond gepresenteerd bij het Bal!'

'O, zeker durf ik dat. En ik zal het doen ook. Dat wil zeggen, tenzij je me vertelt waar je vanavond geweest bent, en met wie.'

Lilith was nog nooit in haar leven zo in een hoek gedreven. Elke tactiek die er normaal gesproken toe leidde dat haar vader toegaf, had ze inmiddels gebruikt. Schreeuwen, zeuren, pruilen en huilen. Er was er nog maar één over. Ze wist onmiddellijk haar krokodillentranen te stoppen en staarde Victor aan met een blik vol onversneden haat. 'Oké, als u het zo wilt spelen, laat u me geen keuze. Ik zal Irina alles vertellen over die lieve kleine Cally.'

'Wat?!' Nu was het Victors beurt om verbluft te kijken.

'Ja, u hoort het goed, pap!' Lilith grijnsde. 'Ik weet van uw geheime dochter. En als u niet heel, heel erg aardig voor me gaat doen, weet moeder het straks ook. En u zou niet willen dat dat gebeurt, of wel? Dus als u weet wat goed voor u is – en voor uw bastaarddochter – blijft u met uw poten van mijn platinum cards af. Ben ik zo duidelijk genoeg?'

'Maar al te duidelijk,' antwoordde Victor ijskoud.

Cally deed net de knopen van haar witte schoolblouse dicht, toen ze de deurbel hoorde. 'Mam! Er staat iemand voor de deur.'

De bel ging nog een keer, gevolgd door luid kloppen.

'Mam, doe open!' riep Cally weer.

Toen het duidelijk werd dat haar moeder echt niet reageerde, stampte Cally haar kamer uit. Ze vloekte binnensmonds. Ze keek even naar haar moeders slaapkamer, maar de deur was nog dicht. Ongetwijfeld lag Sheila bij te komen van haar zoveelste kater.

Cally tuurde door het kijkgaatje van de voordeur en zag twee lange, tamelijk goedgebouwde mannen, een blonde en een met bruin haar, beide gekleed in een donker kraagloos jasje en een coltrui. Alle twee droegen ze een enorme zonnebril.

Ze opende de deur op een kiertje en keek erdoorheen. 'Ja? Kan ik u ergens mee helpen?'

Zonder waarschuwing duwde de blonde man met

een verbazingwekkende kracht tegen de deur en hij en zijn metgezel baanden zich een weg het huis in.

'Waar denken jullie dat je mee bezig bent?!' schreeuwde Cally. 'Jullie kunnen niet zomaar binnenkomen!'

De blonde man wees zwijgend naar de achterkant van het appartement. De donkerharige man liep de gang in, naar de slaapkamers, terwijl de blonde de woonkamer in stapte.

'Hé! Waar gaan jullie heen?' riep Cally en ze rende achter de donkerharige man aan. 'Rot op, voor ik jou en je vriendje iets aandoe!'

'Het is in orde, Cally. Ze bedoelen het niet verkeerd. Ze horen bij mij.'

Cally draaide zich om en zag Victor Todd bij de voordeur staan.

'Pap?' Cally keek hem onderzoekend aan. 'Wat doe je hier? Wat is er aan de hand? Wie zijn die engerds?'

'Ze heten Walther en Sinclair. Het zijn bedienden van me,' legde Victor uit. Hij deed de deur achter zich dicht. 'Je moet ze hun ruwe manieren maar even vergeven; ze zijn nog maar net gewekt. Ik hield ze al sinds 1965 in de koeling. Ik kan niet vertrouwen op ondoden die in de afgelopen honderd jaar zijn gecreëerd, want die vallen ook onder de controle van mijn vrouw. Sinclair is al drie eeuwen in dienst van de Todds, en Walther zelfs nog langer.'

Cally staarde naar de blonde man, die bezig was om alle boeken van de boekenplanken te halen en ze op nette stapeltjes op de vloer te leggen. 'Het zijn ondoden?'

'Ja. Maar je hoeft niet bang voor ze te zijn,' verzekerde haar vader haar. 'Walther en Sinclair herkennen je als familie, en ze hebben strikte orders gekregen om zich niet aan je moeder te vergrijpen.'

'Nou ja, dat is in elk geval een opluchting.' Ze wees naar de blonde ondode, die nog steeds boeken opstapelde. 'Welke van de twee is hij?'

'Dat is Walther.'

'Dankjewel.' Cally stak haar vingers in haar mond, floot en riep toen: 'Hé, Walther!'

De blonde ondode stopte en draaide zich naar haar om. 'Ja, jonge meesteres?'

'Wat doe je daar?'

'Ik zet je bezittingen klaar zodat ik ze zo meteen kan inpakken.'

'Wat?!' Cally draaide zich om en rende door de gang naar haar slaapkamer. Toen ze in de deuropening tot stilstand kwam, zag ze dat Sinclair ijverig elk kledingstuk apart uit haar klerenkast haalde en het zorgvuldig opvouwde voor hij het op haar bed neerlegde.

'Ga m'n kamer uit!' schreeuwde Cally. 'Wie heeft gezegd dat je hier binnen mocht komen en aan mijn spullen zitten?'

De deur van haar moeders slaapkamer ging open en Sheila Monture verscheen in de deuropening, zonder make-up en gekleed in een sjofele kamerjas. 'Wat is hier in godsnaam aan de hand? Ik probeer te slapen!'

Sheila verstijfde toen ze haar voormalige geliefde in de gang zag staan. 'Victor? Wat doe jij hier?'

'Blijf af!' Cally griste een van haar jurken uit Sinclairs handen en hing hem terug in de kast.

Sinclair reikte in de kast en haalde dezelfde jurk er weer uit.

'Ik zei: blijf af!' herhaalde Cally kwaad. Ze trok het kledingstuk voor de tweede keer uit de handen van de ondode en hing het opnieuw in de kast.

Sinclair haalde de jurk voor de derde keer uit de kast, zonder dat er op zijn gezicht ook maar het minste spoortje van irritatie of verbazing te zien was.

'Wat is er mis met die vent?' kreunde Cally verwijfeld.

'Het heeft geen zin om te proberen hem te stoppen, Cally,' legde Victor uit. 'Je zult veel eerder opgeven dan hij. Ondoden worden nooit moe. Als ze eenmaal een taak hebben gekregen, zullen ze die volbrengen, hoe lang het ook duurt en hoe zwaar het ook is.'

'Waarom zijn ze hier? En wat moet dat met het inpakken van onze spullen?' vroeg Cally, die zich had omgedraaid naar haar vader.

'Jij en je moeder vertrekken uit New York.'

'Hoe bedoel je, vertrekken?' Sheila keek hem fronsend aan.

'Cally is in groot gevaar. Jullie moeten de stad zo snel mogelijk verlaten. Ik heb al tickets geboekt naar Zweden, enkele reis…'

'Zweden?!' riep Cally. 'Je maakt een grapje, zeker!'

'Ik realiseer me dat het ver weg is, maar waarschijnlijk ben je daar veilig.'

'Veilig waarvoor?' vroeg Sheila zenuwachtig.

Victor keek haar aan met een grimmige blik. 'Lilith weet dat Cally mijn dochter is.'

'Wat?' bracht Sheila uit. 'Weet je het zeker?'

Victor knikte. 'Ze heeft gedreigd om met die informatie naar haar moeder te gaan toen ik zei dat ze huisarrest had omdat ze gespijbeld had van school.'

'Maar hoe is ze er dan achter gekomen?' vroeg Sheila.

Victor wendde zich tot Cally en keek haar streng aan. 'Heeft Lilith je bloed geproefd?'

Cally knikte. 'We hebben gevochten op school,' zei ze schaapachtig. 'Ze beet me in m'n schouder.'

'Ach, nou ja, het heeft geen zin om te treuren om wat nu eenmaal gebeurd is,' vond Victor. 'Gedane zaken nemen geen keer. Het is een kwestie van tijd voor Lilith haar moeder de waarheid vertelt. De enige reden dat ze dat nog niet gedaan heeft, is dat zij en haar moeder niet erg close zijn.'

'En waar in Zweden stuur je ons naartoe?' vroeg Cally.

'Twaalf kilometer van Kiruna, de noordelijkste stad van het land, ligt een jachthut die van mijn vader geweest is. Het is eigenlijk in Lapland, vlak bij de noordpoolcirkel. Ik heb geregeld dat een aantal ondoden die loyaal zijn aan de Todd-bloedlijn, meegaan om voor jullie te zorgen. En ik zal ook privéleraren regelen, zodat je een goede opleiding krijgt terwijl je je daar hebt teruggetrokken.'

'Hoe lang moeten we daar dan blijven?' wilde Cally weten.

'Tien, misschien twintig jaar. Tegen die tijd zou je wel voldoende kennis en vaardigheden moeten bezitten om jezelf tegen Irina te kunnen beschermen. Als je tenminste leert om de Schaduwhand te beheersen.'

'Tien jaar?' riep Cally geschrokken uit. 'Maar ik vind het leuk hier in New York! Dit is zó oneerlijk! Net nu ik eindelijk vrienden begin te maken en uitgenodigd ben voor het Grote Bal, moet ik naar de Noordpool verhuizen!' Ze liet zich op de rand van haar bed vallen, met tranen in haar ogen. 'Dit is onzin. Ik wil niet naar Zweden verhuizen. Je kunt me niet dwingen.'

'Ik doe dit niet om gemeen te zijn, Cally,' zei Victor vriendelijk. 'Ik probeer je leven te redden… en dat van je moeder.'

'Kun je me in elk geval eerst naar het Grote Bal laten gaan voor je me wegstuurt?' smeekte Cally. 'Rauhnacht is dit weekend al. Ik doe alles wat je vraagt als ik er alsjeblieft heen mag.'

'Dat gaat niet. Ik kan je echt niet publiekelijk erkennen als mijn dochter. En de regels verbieden dat meisjes gepresenteerd worden als er geen vader of ander mannelijk familielid is om ze voor te stellen.'

'Dat weet ik ook wel, maar ik dacht dat je misschien

wel iemand kon sturen die doet alsof hij mijn vader is.'

Victor was even stil en er gleed een bedachtzame uitdrukking over zijn gezicht. 'Weet je, als ik iemand anders laat zeggen dat jij zijn dochter bent, maakt dat Liliths claim misschien minder geloofwaardig.' Hij knikte. 'Heel goed. Ik zal een surrogaatvader voor je regelen. Maar je moet me beloven dat je aan niemand zult vertellen dat je het land uit gaat, begrepen?'

'Dankjewel,' riep Cally uit en ze sloeg haar armen om Victors nek. 'Dank, dank, dank! Je bent de beste vader van de hele wereld!'

'Ha, ik ben blij dat ten minste een van mijn dochters er zo over denkt,' grinnikte Victor. 'Ga maar gewoon naar school vannacht. Maar probeer zo veel mogelijk bij Lilith uit de buurt te blijven.'

'Dus ze wist de hele tijd al dat ik haar zus ben,' zei Cally zuur. Ze schudde haar hoofd. 'En ze behandelde me nog steeds alsof ik iets smerigs ben. En dan te bedenken dat ik me er schuldig over voelde dat ik haar niet aardig vond toen ik de waarheid ontdekte. Wat een bitch.' Ze trok een lelijk gezicht en keek verontschuldigend naar haar vader. 'Sorry voor dat laatste.'

'Geeft niet,' zei Victor.

Toen Victor in zijn Rolls-Royce Phantom Tungsten stapte, ging de autotelefoon. Hij tikte op het lcd-scherm van het communicatiepaneel dat achter in de bijrijderstoel was gebouwd om het handsfree systeem te activeren. 'Zeg het maar.'

'Victor? Karl hier.' De lichaamloze stem die door de Rolls klonk, was die van Victors vertrouweling en vazal baron Karl Metzger, die verscheidene van de beleggingen van de Todds onder zijn hoede had.

'Hoe is het weer in Parijs?'

'Ongeveer hetzelfde als in New York, zo vlak voor Rauhnacht,' antwoordde Metzger. 'Ik bel je om te vragen of je mijn pakketje hebt ontvangen.'

Victor keek naar de ongeopende dikke envelop die op de stoel naast hem lag. Hij was bij het penthouse bezorgd vlak voor hij was vertrokken om Walther en Sinclair uit het koelpakhuis op te halen. 'Ik heb het hier bij me, maar ik heb nog geen gelegenheid gehad om ernaar te kijken.'

HemoGlobe was weliswaar Victors belangrijkste bedrijf en zijn grootste geldleverancier, maar hij had al lang geleden geleerd om zijn zaken over diverse terreinen te spreiden. Een verstandig man slaat immers ook niet al zijn bloed in één kelder op.

Jarenlang had hij investeringen gedaan in talloze bedrijven, variërend van landbouwmachines tot telecommunicatie.

'Je moet er alleen even naar kijken en je toestemming geven, voor ik het nieuwe contract voor de vervanging teken. Mijn zoon en ik regelen daarna verder alles.'

'Heel goed.' Victor zuchtte. 'Ik zal even kijken.' Hij pakte de envelop, maakte hem open en haalde er een paar proefdrukken uit.

Toen hij het blonde haar en de ijsblauwe ogen van het model zag, maakte hij een verstikt, grommend geluid. De foto's gleden uit zijn handen en vielen op de vloer van de luxe auto.

'Is er iets mis, mijn heer?'

Victor Todd gaf geen antwoord, maar wrikte in plaats daarvan het lcd-scherm los uit de houder en smeet het door het gesloten raam van de voortrazende auto naar buiten. In een wolk van versplinterd glas verspreidde het zich in de straten van Brooklyn.

Bijna al zijn betaalde werk deed hij met een digitale spiegelreflexcamera, maar Kristof vond het prettig om altijd in elk geval één of twee rolletjes 35mm-film vol te schieten met zijn oude Leica. Digitale camera's waren veel goedkoper en gaven hem de mogelijkheid om direct te besluiten welke foto's het waard waren om te bewaren, maar traditionele film bood hem meer speelruimte in situaties met grote contrasten. In zo'n situatie liet film een wereld aan details zien in de lichte delen en de schaduwen, die je met een digitaal bestand nooit kon bereiken.

Vanwege deze voorliefde voor de poëzie van zwartwitfotografie en de ouderwetse optische technieken, had Kristof zijn tweede badkamer omgebouwd tot donkere kamer.

In het bloedrode schijnsel van de lamp keek hij hoe

Lili's gezicht langzaam verscheen op het belichte fotopapier dat in de bak met ontwikkelaar dreef, als een geest die opdook uit een mistbank.

Met een tang haalde Kristof de vergroting er snel uit en legde hem in het stopbad, en daarna in de bak met fixeer, toen hij iemand dacht te horen lopen in zijn gecombineerde slaap/werk/woonkamer.

Waarschijnlijk was het zijn assistente, Miriam. Zij vergat altijd wel iets. De laatste keer was het haar handtas. De keer daarvoor haar laptop.

Kristof zette de wekker op twee minuten, opende de deur van de donkere kamer en liep een stukje naar buiten. 'Miriam, ben jij dat?'

Hij keek eens goed rond en wachtte een tijdje op antwoord, maar hoorde alleen stilte. Hij haalde zijn schouders op en dook weer de donkere kamer in, precies op het moment dat het wekkertje ging. Het waren vast krakende balken van het gebouw geweest, of de buren die thuiskwamen.

Kristof haalde de zwart-witafdruk uit de bak met fixeer en legde hem in de spoelbak. Met de tang bewoog hij het papier heen en weer. Terwijl hij neerkeek op de bewegende afdruk in het gedestilleerde water, zag hij voor het eerst dat de foto dubbel belicht leek te zijn.

Hij haalde de foto uit het water en hing hem aan de drooglijn die hij boven de badkuip had gespannen. Over Lili's gezicht zag hij duidelijk de omtrek van de

Eiffeltoren.

Maar dat was onmogelijk. Hij had voor de shoot al zijn camera's driedubbel gecontroleerd op lichtlekken of verkeerd ingevoerde films.

De rimpel in Kristofs voorhoofd werd nog dieper toen hij zag dat de dubbele belichting geen enkel effect had gehad op de kleding die het model droeg of de rekwisieten en de achtergrond. Lili's gelaatstrekken waren gewoon zichtbaar, maar het was net alsof ze in glas veranderd was. Hoe was het in godsnaam mogelijk dat Lili het enige op het hele beeld was dat doorzichtig was?

Toen Kristof de foto van dichtbij bestudeerde, realiseerde hij zich dat de Eiffeltoren op Lili's gezicht niet het toevallige resultaat was van de ene foto die over de andere was genomen, maar dat het simpelweg kwam doordat hij door haar hoofd heen keek naar datgene waar ze voor stond. En dat was het nepraam met de Eiffeltoren.

'Wat in hemelsnaam…' mompelde hij en hij trok de afdruk van de lijn.

Kristof draaide zich om en ontdekte dat hij niet langer alleen was. Tussen hem en de deur van de donkere kamer stond een lange man met donker, bij de slapen grijzend haar en ogen die gloeiden als die van een wild dier.

'En wat was jij van plan met mijn dochter?' gromde de inbreker. Hij ontblootte twee glanzend witte bijttanden die zo scherp waren als die van een wolf.

Kristof kreeg geen tijd om het uit te leggen, maar het lukte hem nog net om te schreeuwen.

HOOFDSTUK 13

Twee uur 's nachts is een tijd waarop de meeste verstandige mensen allang in bed liggen en de onverstandige erover beginnen te denken om naar huis te gaan. Voor de leerlingen van Bathory Academy betekent het echter dat school is afgelopen en dat ze de rest van de nacht voor zichzelf hebben.

Voor Lilith Todd hield dat meestal in dat ze de paar uren voor zonsopgang in de viplounge van de Belfry doorbracht, feestend met haar vrienden. Zodra ze de bloedrode deuren van Bathory Academy uit liep, zag ze Bruno, haar chauffeur, bij het achterportier van de Rolls staan. Net als elke schoolnacht wachtte hij stoïcijns op haar komst.

'Naar de club, Bruno,' zei ze met een zwaai van haar hoofd. Haar glimlach verdween toen ze haar vader op de achterbank van de auto zag zitten. 'Pap! Wat een verrassing. Ik verwachtte u niet.'

'Dat weet ik,' gromde Victor. 'Je gaat niet naar de club vannacht. Geen enkele nacht meer.'

'Bent u onze afspraak nu al vergeten?' zei Lilith geïrriteerd. 'U vertelt me niet wat ik wel en niet moet doen en ik zeg niets tegen m'n lieve moeder over uw kleine… indiscretie.'

'Het lijkt erop dat ik niet de enige in dit gezin ben die indiscreet is,' snauwde Victor. Hij hield het leren portfolio omhoog dat Kristof de avond daarvoor aan Lilith had gegeven. 'In de auto, snel!'

'Waar heeft u dat vandaan?' vroeg ze geschrokken.

'Uit je slaapkamer.'

'Hoe durft u zonder mijn toestemming in mijn kamer te komen?'

'Jouw kamer?' zei Victor met een humorloos lachje. 'Alles wat jij bezit in deze wereld is dat wat ik je gegeven heb. En stap verdomme nu meteen in de auto!'

'Geef terug!' gilde Lilith en ze deed een poging om het portfolio uit zijn handen te trekken. 'Het is van mij. Ik heb hem van Kristof gekregen.'

'Hoe kan hij van jou zijn?' zei Victor uitdagend, terwijl hij de map net buiten haar bereik hield. 'Kristof heeft hem aan Lili Graves gegeven, niet aan Lilith Todd.'

Lilith verstijfde, een geschrokken uitdrukking op haar gezicht. 'Hoe weet u dat?'

'Ik weet een heleboel over "Lili". Sinds kort tenminste,' zei Victor. 'Tenslotte ben ik de eigenaar van Maison d'Ombres.'

Lilith hapte ongelovig naar adem. 'Bent u Nazaire d'Ombres?'

'Nee, Maison d'Ombres is een van mijn recente aankopen. Gezien de hoeveelheid geld die jij en je moeder aan dure kleding uitgeven, heb ik besloten dat couture misschien wel een winstgevende bijverdienste zou kunnen zijn.'

Lilith keek zenuwachtig om zich heen toen de limousine wegreed van het trottoir. 'Waar gaan we naartoe? Naar huis?'

'Nee,' antwoordde haar vader. 'Ik had zo gedacht dat we eerst een bezoekje moesten brengen aan een gemeenschappelijke zakenpartner.'

Ze waren nog twee blokken van Kristofs loft verwijderd, toen Lilith politieversperringen midden op de weg zag staan. Een vermoeide agent stond op het trottoir in zijn portofoon te praten terwijl hij af en toe een slok uit een blauw met wit koffiebekertje nam.

Victor liet het achterraampje zakken en meteen drong de scherpe stank van zware rook de limo binnen. 'Sorry, agent,' zei hij beleefd. 'Wat is er aan de hand?'

'Er was brand in een appartementengebouw verderop in de straat,' antwoordde de politieman. Hij wees in de richting van Kristofs flat. 'Het heeft een tijdje flink gefikt, maar het ziet ernaar uit dat ze het eindelijk onder controle hebben. We moeten dit stuk straat vrijhouden voor de brandweerwagens.'

'O jee,' zei Victor. 'Ik hoop dat er niemand gewond is geraakt?'

'De ambulancebroeders hebben een of andere vent die er woonde meegenomen vanwege rookvergiftiging. Een fotograaf of zo. De brand was in zijn donkere kamer begonnen.'

'Bedankt, agent.' Victor liet het raam weer omhoog komen. Hij draaide zich om en keek naar zijn dochter, die hem met onverbloemde haat aanstaarde.

'Waag het niet om Kristof kwaad te doen!' zei ze met een stem die trilde van woede en angst.

'Lieverd, als ik hem had willen vermoorden, was hij allang dood geweest. Je hoeft je echt niet druk te maken over de gezondheid van de fotograaf, al is het maar omdat hij nodig is voor het welslagen van de lanceringscampagne van Maison d'Ombres.

Ik verzeker je dat hij ongedeerd is. Maar ik heb wel de vrijheid genomen om alle herinneringen die hij heeft aan jou – of moet ik zeggen: aan Lili Graves – uit zijn geheugen te verwijderen. Ik zal het aan Metzger en zijn zoon overlaten om de geheugens te wissen van alle anderen die waarschijnlijk met je in contact zijn geweest. En wat de brand betreft: die was nooit bedoeld om Kristof te doden, alleen maar om al het fysieke bewijs van Lili Graves' bestaan te vernietigen.

Ik heb geen idee wat je probeerde te bewijzen met deze idiote stunt, maar geprezen zijn de Stichters dat ik het in de kiem heb kunnen smoren voor het te laat was!

Lilith, heb je enig idee welk risico je liep door dit te doen?' vroeg Victor. Hij schudde verbijsterd zijn hoofd. 'Realiseer je je hoe weinig het scheelde of de Bloedrode Garde had je weggesleept en publiekelijk geëxecuteerd als Bloedverrader? Zodra iemand je gezicht had herkend in een tijdschrift of op een billboard en het aan de Synode gerapporteerd had, zou de Kanselier zonder aarzeling je doodvonnis getekend hebben. Ik kan niet geloven dat een kind van mij zoiets ongelooflijk stoms kan doen!'

'Maar u had het niet op deze manier hoeven doen!' snikte Lilith. 'U had me in ieder geval Kristof kunnen laten houden.'

'Nee, dat kon ik niet,' zei Victor grimmig. Hij reikte in het portfolio en haalde er een zwart-witfoto uit, die hij aan zijn dochter gaf.

Liliths gezicht verbleekte en haar handen begonnen nog meer te trillen dan eerst toen ze de Eiffeltoren zag die op haar gezicht geëtst leek als op kristal.

'Door je met Kristof in te laten, liep je niet alleen het risico de aandacht te vestigen op het bestaan van vampiers, maar je hebt ook je huwelijk met Jules de Laval in gevaar gebracht. Als graaf De Laval ooit achter het bestaan van deze foto's komt, zal hij het contract tussen onze families nietig laten verklaren.'

'Maar ik heb geen seks met Kristof gehad!' wierp Lilith tegen.

'Dat is het punt helemaal niet!' snauwde Victor. 'Je

behoort tot de aristocratie! Van jou wordt verwacht dat je blijk geeft van zowel wijsheid als tact. Wat jij gedaan hebt, is niet alleen roekeloos en egoïstisch, maar ook destructief. En dat zijn eigenschappen die zelfs in het machtigste huis tot rampspoed kunnen leiden. Bij het Buitenste Duister nog aan toe! Welke patriarch die bij zijn volle verstand is, zou zijn erfgenaam een verbintenis laten aangaan met een bruid die in staat is tot dit soort kinderlijke acties?

Je bent dan niet mijn enige dochter, maar je bent wel de enige die mijn naam draagt. Aangezien ik geen zoons heb om het Huis van Todd voort te zetten, heb ik er hard aan gewerkt om ervoor te zorgen dat de genetische erfenis van onze familie en ons bloedrecht niet opgeslokt worden, door ze te verweven met een van de invloedrijkste en machtigste aristocratische families ter wereld.

Ik wil dat de volgende drie dingen heel erg duidelijk zijn. Ten eerste zul je stoppen met het plegen van aanslagen op je zusters leven...'

'Heeft zij tegen u gezegd dat ik haar heb geprobeerd te vermoorden?' siste Lilith. 'Wat een huilerige kleine verraadster! En ze is mijn zus niet!'

'Best, dan zul je stoppen met het plegen van aanslagen op het leven van je halfzuster. Ten tweede, als je Cally's naam alleen maar fluistert in de buurt van je moeder, dan zweer ik bij Tanoch de Stormverzamelaar dat ik deze foto's hoogstpersoonlijk bij de Synode aflever! En ten derde, maar dit is het allerbelangrijkste: als je me ooit weer probeert te chanteren, zal ik je vernietigen, erfgenaam of niet.'

'U zou niet durven!' antwoordde Lilith, die probeerde de trilling van onzekerheid in haar stem te verbergen.

'O nee?' zei Victor koel. 'Zonder de bereidheid om het bloed van mijn verwanten te laten vloeien was ik nooit gekomen waar ik vandaag ben. En zoals je weet, heb ik nog een dochter...'

Cally staarde naar de paspop die haar oma haar voor haar dertiende verjaardag had gegeven. Op een paar verfraaiingen hier en daar na, was Cally eigenlijk wel klaar met haar avondjurk voor het Grote Bal. En naar haar mening was hij net zo retegoed als de designerjurkjes waarvoor Melinda en de tweeling duizenden dollars hadden betaald. Pak aan, Dior!

Als iemand een maand geleden tegen Cally gezegd had dat ze een van de debutantes op het grote Rauhnacht Bal zou zijn, zou ze hem hebben uitgelachen. Maar hier zat ze, met nog minder dan 48 uur te gaan voordat ze haar sociale debuut in de Oudbloedelite van New York City zou maken. En zoals gewoonlijk was ze een vat vol tegenstrijdige gevoelens.

Ze was opgewonden vanwege de pracht en praal en de rituelen die bij de gelegenheid hoorden, maar een deel van haar voelde zich ongemakkelijk vanwege het feit dat ze meedeed onder valse voorwendselen. Niet alleen claimde ze dat ze de dochter was van iemand die absoluut haar vader niet was, maar bovendien was ze niet eens een waargeboren vampier. Maar ach, wat maakte dat eigenlijk uit? Ze zou toch naar Zweden vertrekken zodra het Bal was afgelopen.

Het was moeilijk te geloven dat ze over drie dagen op een sneeuwscooter zou zitten, op weg naar de noordpoolcirkel. Na haar leven in de drukte van New York zou het lijken alsof ze op de maan beland was. Het idee dat ze niet meer uit het raam zou kunnen kijken om de brug en de lichtjes van de stad te zien, was bijna ondraaglijk. En wie zou er voor het graf van haar grootouders zorgen als zij er niet meer was? Ze zou het vreselijk vinden als de steen op het graf van haar oma net zo verweerd en verwaarloosd zou raken als dat van de andere bewoners van Rest Haven die geen bezoek meer kregen.

Dat ze geen gedag kon zeggen tegen haar vrienden was moeilijk, maar dat zou haar nog wel lukken. Wat echt zwaar was, was om de enige persoon te verlaten om wie ze werkelijk gaf.

Haar relatie met Peter verbreken was het moeilijkste wat ze ooit gedaan had, maar ze deed het alleen om hem te beschermen. Toch werd ze er verdrietig van als ze bedacht dat ze misschien nooit meer samen zouden zijn. De mogelijkheid dat ze nooit meer zijn gezicht zou zien of zijn stem zou horen, was genoeg om haar hart te breken als een eierschaal.

Cally stond op en liep op haar tenen naar de woonkamer om te controleren of haar moeder echt sliep. Ze
lag inderdaad languit op de chaise longue, zacht snur-
kend en de draadloze koptelefoon nog op haar hoofd.
De ondode bedienden die haar vader had achtergela-
ten, waren bezig in de donkere keuken, waar ze onver-
stoorbaar serviesgoed in krantenpapier wikkelden en
vervolgens in dozen stopten. Toen ze zeker wist dat de
kust veilig was, sloop Cally terug naar haar slaapkamer
en deed de deur achter zich op slot. Meteen belde ze
Peter met haar mobiel.

Na een paar keer overgaan klonk eindelijk zijn slape-
rige stem. 'Hallo?'

'Sorry dat ik zo laat bel, Peter.'

'Cally? Ben jij dat?' Peter was meteen klaarwakker.
'Ik mis je zo.'

'Het spijt me wat ik allemaal gezegd heb,' begon ze.
'Ik meende het niet echt. Ik heb een heleboel dingen
gezegd die ik niet meende.'

'Ik ook, Cally,' zei Peter. 'Ik was gewoon zo bang om
je kwijt te raken. Soms begin ik al te praten voor ik heb
nagedacht, snap je?'

'Ja, tuurlijk.' Ze glimlachte tegen de telefoon. 'Het
spijt me zo dat het tussen ons is misgelopen. Ik wil niet
dat je denkt dat ik je haat. Want wat ik voor je voel, is
allesbehalve haat. Ik ben alleen zo bang...'

'Bang waarvoor?'

'Dat iemand je pijn zal doen. Ik zou er niet tegen kunnen als er door mij iets met jou zou gebeuren.'

'Cally, zo voel ik het precies met jou,' zei Peter hartstochtelijk. 'Elke keer dat een van de anderen zegt dat hij een zuiger gespietst heeft – ik bedoel, een vampier gedood heeft – staat mijn hart stil en bid ik dat ze het niet over jou hebben. Konden we maar weglopen en dit allemaal achter ons laten. Ergens opnieuw beginnen...'

'Geloof me, er is niets wat ik liever zou willen.' Ze zuchtte treurig. 'Maar dat gaat gewoon niet, ben ik bang. Of in elk geval niet nu.'

'Hoe bedoel je?'

Cally haalde diep adem en zei toen: 'Peter, de reden dat ik je bel, is... Ik wilde alleen dat je wist hoe ik me voel voor...'

'Voor wat?' vroeg hij. In zijn stem klonk wantrouwen door.

'Ik ga weg uit New York.'

'Je vertrekt uit de stad? Waarom?'

'Mijn vader stuurt mij en m'n moeder naar Europa, om ons tegen zijn vrouw te beschermen.'

'Europa?!' Peter kreunde alsof iemand hem zojuist in zijn maag gestompt had. 'Wanneer kom je terug?'

'Ik weet het niet. Misschien pas over heel lang.'

'Maar ik wil niet dat je weggaat, Cally!' protesteerde Peter. 'Je hoort hier, bij mij!'

'Ik wil ook niet gaan, Peter, maar ik kan er niets aan veranderen.'

Peter was even stil terwijl hij tot zich door liet dringen wat ze gezegd had. 'Hoeveel tijd hebben we nog voor je gaat?' vroeg hij toen.

'Ik vertrek meteen na het Grote Bal op Rauhnacht.'

'Rauhnacht? Maar dat is dit weekend! Er moet toch iets zijn wat je kunt doen om Todd van gedachten te laten veranderen!'

Cally hield haar mobiel een stukje van haar oor en keek ernaar, alsof ze door de telefoon heen degene aan de andere kant kon zien. 'Peter,' zei ze ijzig, 'hoe weet jij dat Victor Todd mijn vader is?'

'Ik, eh… dat zei ik niet,' stamelde hij.

'Jawel. Dat zei je wel. Ik hoorde het.'

'O. Eh… Je hebt het zeker een keer tegen me gezegd. En daarna ben je dat weer vergeten,' zei Peter snel. Plotseling klonk hij erg nerveus.

'Nee Peter, dat heb ik je nooit verteld. Ik was bang dat je me zou haten als je wist dat ik de dochter was van je vaders aartsvijand. Ik heb steeds zorgvuldig vermeden om zijn naam te noemen.'

'O. Ja. Eh…'

Toen ze Peter hoorde stotteren en stamelen terwijl hij probeerde een manier te vinden om zijn leugen te verklaren, begon haar de waarheid te dagen, zo koud als een ochtend op de Zuidpool. 'Je wist de hele tijd al wie mijn vader was, hè?' zei ze ongelovig en gekwetst. 'En je hebt nooit iets gezegd, terwijl je wist hoe belangrijk het voor me was! Hoe kon je me zoiets aandoen,

Peter? Dééd je soms alleen maar alsof je m'n vriend was? Deed je alleen of je om me gaf, zodat ik niet meer op m'n hoede zou zijn?'

'Nee, Cally! Zo zit het helemaal niet!' zei Peter paniekerig. 'Ik was bang dat je je tegen mij zou keren als je wist dat je Todds dochter was. Ik wilde alleen maar beschermen wat we met elkaar hadden.'

'Weet je, Peter? Voor ik je belde, vond ik het vreselijk dat ik moest vertrekken, maar nu ben ik er juist blij om. Heel blij!'

'Cally, nee! Niet ophangen!' smeekte Peter. 'Ik hou van je, Cally. Ik vind het vreselijk zonder jou!'

'Oké. Mooi. Lijd dan maar!' zei Cally boos en ze klapte haar mobieltje dicht.

Terwijl ze haar tranen droogde, zei ze tegen zichzelf dat het zo het beste was. Het zou toch nooit iets zijn geworden tussen hen. En trouwens: Peter paste totaal niet bij haar en ze had sowieso nooit echt van hem gehouden.

Dat was allemaal gelogen, natuurlijk. Maar als ze het maar vaak genoeg tegen zichzelf bleef zeggen, zou ze het misschien uiteindelijk gaan geloven.

HOOFDSTUK 14

Lilith tuurde uit het raam van de Rolls naar Saint Germains Boekhandel, een paar blokken ten oosten van Grand Central Terminal. Op een bordje aan de deur stond: *Alleen op afspraak.*

'Wat doen we hier?' vroeg ze. 'Ik dacht dat we naar huis gingen.'

'Wíj doen hier niks,' zei haar vader. 'Jíj gaat hier voortaan na school heen om te studeren.'

'Maar Jules en de anderen wachten op me in de Belfry!'

'En ze kunnen blijven wachten, tot je cijfers beter worden,' kaatste haar vader terug. 'Tot die tijd heb ik Bruno opdracht gegeven je maar naar drie bestemmingen te rijden: huis, school en hier, het Centrale Schrijfhuis. Ik raad je aan om zo veel mogelijk van het Grote Bal te genieten, aangezien dat voorlopig je laatste kans zal zijn om je vrienden te zien buiten school.'

Victor leunde voor zijn dochter langs en opende het portier. 'Bruno komt je tegen zonsopgang weer ophalen.'

Lilith stond in een enorme ronde ruimte, zo groot als een olympische schaatsbaan. Het plafond bevond zich vele verdiepingen boven haar hoofd. Op het eerste gezicht leek het een kruising tussen een grot, een bijenkorf en een openbare bibliotheek. De muren van het Schrijfhuis waren bijna twintig meter hoog en overal zaten met de hand uitgehakte nissen, als de grafnissen in onderaardse begraafplaatsen. In elke nis lagen stapels leren perkamentrolhouders. Lilith zag gevleugelde wezens heen en weer vliegen van nis naar nis, terwijl ze rolhouders terugzetten of ophaalden voor degenen die beneden zaten.

De vloer van het Schrijfhuis zelf stond vol leestafels en lessenaars, neergezet in de vorm van een steeds kleiner wordende spiraal, als de kamers in een nautilusschelp. In het midden van de enorme ruimte stond de lessenaar van de meester-schrijver, die, als de plaats van een rechter, hoog boven de minder belangrijke tafels uitstak.

'Maak het jezelf gemakkelijk,' zei een van de assistent-schrijvers en hij wees op de lessenaar. 'Welke perkamentrol heb je nodig?'

'Kweenie,' zei Lilith schouderophalend. 'Ik sta een onvoldoende voor alchemie.'

'Alchemie, hè? Wacht hier maar. Ik ben zo terug.' De schrijver veranderde van gedaante en met één slag van zijn leerachtige vleugels schoot hij de lucht in en vloog naar een nis ongeveer tien meter boven de vloer.

Hij kwam even later terug en gaf Lilith een leren koker van zeker zestig centimeter lang. 'Alsjeblieft,' zei hij. 'Als je nog andere documenten nodig hebt, hoef je alleen maar je hand op te steken. Iemand van het personeel zal je dan graag van dienst zijn.'

'Oké. Best,' zei ze onverschillig. 'Bedankt dan maar.' Lilith wachtte tot het nerdy assistenttypje, of wat hij ook was, weggelopen was en haalde toen het deksel van de koker af. De inhoud liet ze op tafel glijden.

Dit was zó stom. Het was al erg genoeg dat haar vader haar carrière als supermodel had gedwarsboomd, maar nu ging hij haar ook nog dwingen om te studeren. Getver. Als Victor dacht dat hij haar zo bang kon maken, had hij het vreselijk mis. Ze zou haar droom om haar vleugels uit te slaan en een onafhankelijke vrouw te worden nooit opgeven. O zeker, ze had heel zielig en geschrokken gedaan, en ze had gezegd dat ze haar lesje geleerd had, maar in werkelijkheid was het haar lieve pappie alleen maar gelukt om haar nog vastberadener te maken.

Lilith had zich totaal onvoorbereid in het modellenwerk gestort. Ze wist niets van hoe de dingen in de mensenwereld gedaan werden. En toch was ze aardig ver gekomen, en tamelijk snel ook.

Nu ze wist hoe makkelijk het was om je als iemand anders voor te doen, had ze de smaak te pakken. De opwinding en nieuwigheid van het leiden van een dubbelleven bevielen haar wel. Als ze op de juiste plek wat smeergeld uitgaf, zou ze vast wel een identiteitskaart kunnen regelen, plus de andere documenten die ze nodig had om zich vrij tussen mensen te kunnen bewegen.

Toch was er, afgezien van haar vaders dreigementen, het niet te vermijden feit dat haar beeltenis langzamerhand begon te vervagen, in elk geval op ouderwets filmmateriaal. En dus was het slechts een kwestie van tijd voordat ze ook voor digitale camera's onzichtbaar was.

In Liliths ogen was het belachelijk dat mensen, die maar zo kort leefden als muizen vergeleken met haar soort, erachter hadden kunnen komen hoe je organen moet transplanteren, naar de maan vliegen en een atoom splitsen. En toch had geen enkele vampier, in de twintigduizend jaar dat het vampierras op deze aardbol rondliep, geprobeerd om iets te vinden dat dit ernstige gebrek zou kunnen verhelpen. Misschien werd het tijd om het voorbeeld van de mensen te volgen. Die gaven miljoenen uit aan crèmes en lotions in een poging om de effecten van het ouder worden uit te stellen of zelfs terug te draaien. Als bloedproppen dat konden, waarom zou zij het dan ook niet kunnen?

Haar vader had een ongekende culturele revolutie

veroorzaakt, eenvoudigweg door ervoor te zorgen dat vampiers niet meer op mensen hoefden te jagen om te overleven. Maar stel je de veranderingen eens voor wanneer haar volk niet meer bang hoefde te zijn voor weerspiegelende oppervlakten en camera's... Vergeleken bij de schokgolven die dat zou veroorzaken, zou Victor Todds bijdrage aan de vampiermaatschappij in de categorie van de hoelahoep en pacman vallen.

Lilith glimlachte bij de gedachte dat haar vader nog maar een voetnoot in de geschiedenis zou zijn. Dat idee beviel haar wel. Ja, dat beviel haar heel goed.

Hier, ergens tussen alle gedurende eeuwen verzamelde informatie in het Centrale Schrijfhuis, was vast wel iets te vinden dat deze vraag zou kunnen beantwoorden. Maar hoe moest zij daar ooit achter komen? Hoe moest ze er ooit in slagen om een oplossing te vinden voor het lastigste obstakel dat vampiers tegenkwamen in hun strijd om te overleven: het ontbreken van een spiegelbeeld? Man, ze had nog niet eens een voldoende voor alchemie!

'Wat doe jij hier?'

Lilith keek op en zag aan de andere kant van de tafel Xander Orlock staan. In zijn ene hand had hij een perkamenthouder en in de andere een schrijfset. Hij droeg zijn Ruthven-uniform nog, maar wel met losse en enigszins scheef zittende das. Hij was zo bleek dat je door zijn huid heen de blauwe aderen in zijn handen en gezicht kon zien, en zijn lange vingers deden

Lilith aan spinnenpoten denken. Zijn asblonde haar was vanaf zijn hoge, brede voorhoofd naar achteren gekamd. Met zijn spitse oren, gebogen wenkbrauwen en niet-intrekbare bijttanden kon hij absoluut niet voor een mens doorgaan, maar voor een Orlock was hij niet eens al te lelijk. Maar ja, hij wás er wel een…

'Wat denk je dat ik hier doe?' antwoordde ze zonder haar irritatie te verbergen.

'Weet je zeker dat je niet ergens een verkeerde afslag hebt genomen? Het is hier geen nachtclub, hoor.'

'Duh! Dat had ik nog niet gemerkt.' Lilith rolde nadrukkelijk met haar ogen. 'Als je het dan per se wilt weten: ik ben hier om alchemie te leren. Als ik geen voldoende haal, moet ik van school af.'

'Balen.' Hij schraapte zijn keel en wees naar de stoel tegenover haar. 'Vind je het goed als ik hier kom zitten?'

'Je maakt toch zeker een grapje?' Ze staarde hem ijzig aan.

De hoopvolle blik op Xanders gezicht verdween onmiddellijk en hij liet zijn schouders zakken.

Toen hij zich omdraaide om weg te lopen, bedacht Lilith opeens dat ze op het punt stond de oplossing voor haar probleem door haar vingers te laten glippen. Als iemand haar nieuwe crème kon uitvinden, was het Exo. Snel zette ze haar charmantste glimlach op en rende achter haar doelwit aan. 'Exo… Ik bedoel, Xander, kom terug!' Ze raakte zijn arm aan. 'Doe niet zo raar.

Natuurlijk kun je hier komen zitten. Ik maakte maar een grapje.'

'Echt?' zei hij, betoverd door Liliths brede glimlach. 'Vind je het niet erg?'

'Natuurlijk vind ik het niet erg,' zei ze. 'Je bent tenslotte Jules' neef. Over Jules gesproken, ik dacht dat je bij hem logeerde. Wat doe je hier dan?'

'Ik doe onderzoek voor een werkstuk voor toegepaste magie. Zo kan ik extra punten halen,' legde hij uit. Hij keek er een beetje schaapachtig bij. 'Ik weet het, ik weet het, ik ben een vreselijke nerd. Dat zegt Jules ook altijd.'

'Daar is toch niks mis mee,' loog Lilith terwijl ze tegenover hem ging zitten.

Xander legde de documentkoker die hij bij zich had, op tafel en keek toen naar het half uitgerolde perkament dat Lilith probeerde te lezen. 'Heb je speciaal om die tekst gevraagd?'

'Nee, die assistent-schrijver of zoiets heeft hem gehaald.'

'Bedoel je Clovis?' Xander grinnikte. 'Hij is een geweldige schrijver, maar als je hem vraagt hoe laat het is, geeft hij je een perkamentrol over het maken van klokken. Je kunt beter *Handboek voor de beginnende alchemist* nemen, van Skorzeny. Dat is een stuk makkelijker te begrijpen.'

'Dank je, Exo,' zei Lilith, die nu haar allerkrachtigste glimlach op hem afvuurde. 'Je bent zo slim!'

'Ach, nou ja,' mompelde hij. Exo bloosde en sloeg zijn ogen neer.

'Jules vertelde dat je hem met zijn alchemiehuiswerk helpt. Denk je dat je mij misschien ook kunt helpen?'

Xander knipperde verbaasd met zijn ogen en keek om zich heen, alsof hij eraan twijfelde dat Lilith het tegen hem had. 'Wil je dat ik je help?'

'Ja.'

'Weet je het zeker? Ik bedoel, het is geen flauwe grap of zo?'

Lilith leunde naar voren met het meest serieuze gezicht dat ze tevoorschijn wist te toveren. 'Zie ik eruit alsof ik grapjes zit te maken?'

'Nee,' gaf hij toe, 'maar ik dacht dat je… nou ja, een hekel aan me had.'

'Nou doe je alweer zo raar, Exo!' Lilith lachte. 'Natuurlijk heb ik geen hekel aan je. Hoe kom je daar in stichtersnaam bij?'

'Ik weet niet.' Hij haalde zijn schouders op. 'Misschien omdat je me vroeger altijd een engerd noemde en zei dat ik moest oprotten?'

'Jemig, toen waren we kinderen!' zei Lilith stellig. 'Nu is alles anders.'

'Zo anders nou ook weer niet,' antwoordde Xander. 'Oké Lilith, ik wil je best helpen met je alchemiehuiswerk, maar alleen als ik je mag begeleiden naar het Grote Bal.'

'Ben je gek?!' schrok Lilith terug. Haar stem werd zo

hoog dat ze bijna ultrasone toonhoogten bereikte.

Sommige andere bezoekers van het Centrale Schrijfhuis keken op van hun werk en wierpen de twee jonkies boze blikken toe.

'Oké, als je geen behoefte hebt aan mijn hulp... Jij mag het zeggen.' Xander begon zijn spullen bij elkaar te pakken.

'Dat is het niet,' loog Lilith opnieuw. 'Het is alleen... Het Bal is al dit weekend en ik heb Barnabas Barlow gevraagd of hij mijn begeleider wil zijn.'

'Ik snap het.' Xander stond op. 'Maar dat zijn mijn voorwaarden; zo of anders niet.'

'Oké dan! Jij wint,' zei Lilith, die haar best deed om haar afschuw te verbergen. 'Jij bent mijn begeleider.'

Xander glimlachte en stak zijn hand uit. 'Afgesproken?'

'Afgesproken.' Lilith onderdrukte een lichte huivering.

Jules de Laval leunde tegen het met leer beklede hoofdeind van zijn kingsize bed en drukte lui op de knoppen van het Guitar Hero-gitaartje en keek naar het vijftig-inchplasmascherm, waarop het spel draaide.

Hij had de hele avond nog niet van Lilith gehoord en ze was ook niet in de club geweest. Hij vroeg zich af of ze het ontdekt had van Carmen. Nee, dan zou hij zeker van haar gehoord hebben. En trouwens, Carmen was in de Belfry geweest. Het had er niet naar uitgezien dat ze bang was, en ze miste ook geen ledematen, dus Lilith wist ongetwijfeld niets van hun affaire. In elk geval nóg niet.

Overigens zou ze er heel binnenkort maar eens achter moeten komen. Carmen begon hem op zijn zenuwen te werken. Elke keer als Ollie opstond om drankjes te halen of naar de plee te gaan, wierp ze zich zo ongeveer boven op hem. Ze kneep in zijn bovenbeen en wreef met haar borsten langs zijn bovenarm en borst. De eerste paar weken had hij het nog wel prettig gevonden, maar nu niet meer. Het was tijd dat Lilith in de gaten kreeg wat er aan de hand was en Carmen van hem wegjoeg.

Carmen was veel te gemakkelijk geweest, in elke betekenis van het woord. Ze wilde zo wanhopig graag Liliths leven leiden, ook al was het tweedehands, dat hij niet eens achter haar aan had hoeven gaan. Carmen droeg al dezelfde designerkleding, dezelfde make-up en hetzelfde parfum als Lilith, dus ze had maar al te graag haar kans gegrepen om met Liliths vriendje het bed in te duiken.

Zodra de waarheid over hem en Carmen boven tafel kwam, zou de affaire doen wat die moest doen: Lilith onzeker maken en haar dwingen haar aandacht alleen op hem te richten. De laatste tijd was ze egocentrischer en afstandelijker dan ooit. Jules verdacht haar ervan dat ze ook iemand anders had. Maar zich jaloers gedragen zou haar alleen maar in de kaart spelen, dus was hij vastbesloten dat te vermijden. Het was beter als zij degene was die flipte, terwijl hij rustig en beheerst bleef. Hij had haar net zo hard nodig als zij hem, maar hij zou nog liever branden in de hel dan dat toegeven.

Ja, het werd echt tijd dat Carmen zich zou voegen bij de hele rits andere uit de gratie gevallen beste vriendinnen die Lilith uit haar intieme kringetje had verstoten omdat ze geprobeerd hadden haar vriendje in te pikken. Zodra Liliths aandacht weer verslapte, wat na een tijdje altijd gebeurde, zou hij een nieuw meisje versieren. En deze keer had hij een heel wat uitdagender verovering in gedachten.

Cally hoorde niet bij Liliths kliek. Jules had Lilith zelfs nog nooit eerder iemand zo zien haten als de Nieuwbloed. Zelfs de zusjes Maledetto niet, terwijl hun familie een heftige vendetta tegen de hare voerde. Als hij erin slaagde om Cally te verleiden, zou dat wel eens kunnen betekenen dat hij Lilith voor altijd stevig onder de duim zou hebben. En misschien zou hij Cally deze keer zelfs ook daarna nog aanhouden... Misschien was Sergeis idee om er een harem op na te houden helemaal zo gek nog niet.

'Hé neef, druk bezig?'

Jules keek op en zag hoe Xander zijn hoofd om de hoek van de kamer stak. 'Neu, niet echt.' Hij haalde zijn schouders op en drukte op *pauze*. 'Jij dan?'

'Ik, eh... ik kom net terug van het Centrale Schrijfhuis, en ik dacht dat ik het je maar beter meteen kon vertellen, voor je het van iemand anders hoort...'

'Wat vertellen?' Jules keek Exo fronsend aan.

'Nou, ik deed onderzoek in het Schrijfhuis en toen kwam ik een meisje tegen dat ik ken. En van het een kwam het ander, enne... Nou ja, toen vroeg ze of ik haar wilde begeleiden op het Grote Bal.'

'Hé, gefeliciteerd Exo!' Jules grijnsde. 'Ik zei toch dat je de hoop nog niet moest opgeven. Wie is de gelukkige? Is het dat meisje van Usher?'

'Neu...' zei Xander ongemakkelijk. Hij wreef in zijn nek. 'Zij is het niet.'

'Wie dan? Ik hoef toch niet te raden. Het is vast een nerd van Bathory, als je haar in het Schrijfhuis bent tegengekomen.'

'Niet per se,' antwoordde Xander, die meteen in de verdediging schoot. 'Er komen daar heus niet alleen nerds.'

'O nee?' Jules trok een ongelovig gezicht. 'Wie dan?'

'Nou, Lilith bijvoorbeeld.'

De controller viel uit Jules' handen, alsof die plotseling in steen waren veranderd. 'Je lult.'

'Urlok is m'n getuige: Lilith was er. En ze vroeg of ik haar wil begeleiden.'

'Ben je aan het trippen of zo?' zei Jules terwijl hij overeind kwam. 'Ik bedoel, Lilith zou echt nog geen voet zetten in het Schrijfhuis. En ik weet toevallig dat ze al een begeleider voor het Bal geregeld had: Barnabas Barlow, de captain van het vliegteam van Ruthven.'

'Nu niet meer,' zei Xander met een sluw lachje.

'Hoe heb je haar zover gekregen dat ze jou verkiest boven Barlow?' vroeg Jules wantrouwig. 'Heb je haar betoverd of zo?'

'Tegen een vampier zou ik nooit toverkunst gebruiken,' antwoordde Xander verontwaardigd. 'Je kent me wel beter. Vind je het dan echt zo ongelooflijk dat Lilith mij vraagt?'

'Wil je dat ik eerlijk ben? Ja! En dat weet jij ook, Xander. Dus wat heb je met 'r gedaan?!'

'Als je het dan per se wilt weten: ik heb, eh… nou ja, haar gechanteerd. Ze wilde dat ik haar de rest van het schooljaar hielp met haar alchemiehuiswerk. Toen zei ik dat ik dat best vond als ik haar in ruil daarvoor op het Bal mocht begeleiden.'

'Bij het bloed van de Stichters!' gromde Jules. 'Lilith had toch gelijk over jou. Je vindt 'r leuk!'

'Jules, iedereen die een hartslag heeft, vindt Lilith een lekker ding. Daar heb je nog nooit mee gezeten.' Xander schudde verbaasd zijn hoofd. 'En trouwens, ik dacht dat je opgelucht zou zijn dat Barlow niet haar begeleider is. Die jongen kan met z'n poten van geen enkel meisje afblijven.'

'Maar Barlow is niet mijn vriend!' antwoordde Jules verhit. 'En jij wel.'

'Nou ja, je kunt haar toch niet zelf begeleiden. Als ik niet beter wist, zou ik denken dat je jaloers was.'

'Jaloers! Ik?' Jules snoof afkeurend. 'Waarop zou ik

jaloers moeten zijn?'

'Als je niet jaloers bent, waarom doe je dan zo idioot? Ik dacht wel dat je verbaasd zou zijn, maar niet dat je kwaad zou worden.'

'En ik dacht dat ik je kon vertrouwen, Xander,' antwoordde Jules nors.

'Vertrouwen? Ha! Dat is een mooie. Moet je horen wie het zegt,' zei Xander met een kil lachje. 'Jij bent degene die de hele tijd loopt te rotzooien achter Liliths rug om.'

'Dat heeft hier niets mee te maken en dat weet jij ook,' snauwde Jules. 'Schiet nou maar op en bel haar om te zeggen dat je van gedachten bent veranderd.'

'Wat?!'

'Zeg maar dat je haar niet met haar huiswerk helpt en dat ze lekker met Barlow naar het Bal kan.'

'Jules, als ik haar niet help, zakt ze als een baksteen. Wil je dat dan?'

'Het kan me niet schelen of ze zakt of niet! Ik wil gewoon dat jij bij haar uit de buurt blijft.'

Xander staarde zijn neef met een donkere blik aan. Het laatste beetje vriendelijkheid verdween uit zijn gezicht en zijn stem. 'Dit gaat erom dat ik een Orlock ben, hè? Ik dacht dat jij tenminste anders was, maar oom Vanya had gelijk: jullie De Lavals zijn allemaal hetzelfde. Je kunt gewoon niet accepteren dat pap geen drankje of spreuk nodig had om met mam te kunnen trouwen. Maar dat weerhoudt je familie er niet van om haar zinnen te zetten op het bloedrecht van de Orlocks, of wel?'

'Exo, wacht… Je ziet het helemaal verkeerd.' Jules legde een hand op de schouder van zijn neef, maar die schudde hem er meteen weer af. 'Je kent me toch wel beter…'

'Dat is nou juist het probleem, Jules. Ik ken jou, inderdaad,' antwoordde Xander ijzig. Hij reikte met zijn spinnenvingers in zijn boekentas en gooide een perkamentrol op het voeteneinde van Jules' bed. 'Alsjeblieft, je huiswerk voor alchemie. Vanaf nu mag je het weer zelf doen. Als ik jou was, zou ik nog maar geen nieuw snowboard aanschaffen voor Vail.'

'Exo! Kom op, man… Doe me dat niet aan.' Jules lachte zenuwachtig en probeerde de paniek te bezweren die de kop opstak toen Xander zich omdraaide en naar de deur liep.

'Ik zie je op het Bal,' antwoordde Xander, en zonder nog om te kijken gooide hij de deur achter zich dicht.

HOOFDSTUK 15

'Cally! Schiet op!' riep Sheila Monture door de gang naar haar dochter. 'Je date kan er elk moment zijn.'

Cally kwam de badkamer uit terwijl ze haar lippen bette met een opgevouwen stukje toiletpapier. 'Baron Metzger ís mijn date niet, mam! Hij moet m'n vader voorstellen.'

'Je weet heus wel wat ik bedoel,' antwoordde Sheila. 'Schiet nou maar op met die make-up, dan maak ik in de woonkamer een foto van je.'

'Mám!' Cally rolde overdreven met haar ogen.

'Wat?' zei Sheila terwijl ze de film in haar polaroid-camera deed. 'Mag een moeder geen foto van haar enige dochter maken voordat ze naar haar debutantenbal vertrekt?'

'Een vampiermoeder niet, nee!'

'Nou, dan ben ik voor deze ene keer blij dat ik geen

vampier ben,' antwoordde Sheila. 'Al wou ik wel dat ik met je mee kon.' Ze wierp een schuine blik op het fotolijstje dat op een boekenplank in de woonkamer stond; het was een foto van haar overleden ouders. 'Het is zo jammer dat je grootouders dit niet meer kunnen meemaken.'

Cally trok haar neus op en keek haar moeder aan. 'Hm, ik geloof niet dat oma het erg leuk zou hebben gevonden dat ik een debutante ben op het Rauhnacht Bal.'

'Je grootvader zéker niet,' zei Sheila. 'En je grootmoeder heeft je inderdaad zo ver mogelijk van de vampiercultuur vandaan laten opgroeien, maar ze wist dat er een tijd zou komen dat je zelf zou moeten kiezen. En hoe je je leven ook wilt leiden: ze zou altijd van je gehouden hebben.' Ze haalde diep en haperend adem en keek haar dochter in de ogen. 'Cally, ik weet dat ik fouten gemaakt heb. Een heleboel… Maar jij was er daar niet een van. Ik realiseer me dat ik niet het soort moeder ben op wie je als meisje trots kunt zijn, maar sinds je geboorte ben ik wel altijd trots op jóú geweest.'

Cally knipperde snel met haar ogen. 'Mam, zo verpest je m'n make-up nog!' zei ze met een verstikt half lachje en ze wapperde met haar handen voor haar gezicht.

'O! Sorry, lieverd,' verontschuldigde Sheila zich. 'Ik haal wel een tissue – zet dat terug!' Ze racete plotseling de kamer door, griste een fotolijstje uit Walthers handen en hield het beschermend tegen haar borst. 'Die gaat echt niet in een doos met prullen! Die neem ík mee, en niemand anders!'

De ondode staarde haar aan alsof ze Urdu sprak en liep naar haar toe om de foto weer te pakken.

'Cally!' gilde Sheila met een angstig gezicht over haar schouder. 'Zeg dat hij me met rust laat.'

'Walther!' Cally riep naar de ondode alsof hij een hond was die met zijn achterwerk over het tapijt schurkte. 'Mijn moeder neemt de foto wel mee. Ga Sinclair maar helpen om de spullen klaar te zetten voor de verhuizers.'

'Zoals u wilt, jonge meesteres,' antwoordde Walther.

Cally schudde haar hoofd terwijl ze de ondode bediende nakeek. Ze kreeg de kriebels van ze, maar ze moest toegeven dat ze wel erg handig waren. Zo hadden ze al ongeveer alles in het appartement ingepakt. Cally staarde naar de verhuisdozen die keurig opgestapeld langs de muur stonden: hun leven in Williamsburg, klaar om in een verhuiswagen geladen te worden, naar de haven te worden gereden en op een vrachtschip naar de Oostzee te worden gezet.

'Oké, zeg B-negatief!' zei Sheila, terwijl ze de camera op haar dochter richtte.

Cally dwong haar mondhoeken omhoog in een soort glimlach en haar moeder nam de foto. Op dat moment klonk de deurbel.

'O! Daar zul je hem hebben,' zei Sheila opgewonden.

Ze wapperde de polaroid heen en weer als een zuide-lijke schone haar waaier op een lentebal. 'Snel! Pak je sjaal. En je handtas. En vergeet je uitnodiging niet! Die moet je aan de hoofdbutler laten zien als je aankomt.'

'Doe eens rustig, mam! Ik heb alles.' Cally hield haar tasje en de uitnodiging omhoog, zodat Sheila ze kon zien. 'En ga nou alsjeblieft naar je eigen kamer.'

Sheila knikte dat ze het begreep en verdween toen te-gen haar zin de gang in. Ze draaide zich om naar haar dochter en glimlachte treurig. 'Doe je wel voorzichtig, lieverd? Blijf alsjeblieft zo veel mogelijk bij Lilith uit de buurt, oké?'

'Dat is wel mijn bedoeling. Ze is de afgelopen nach-ten trouwens zelf ook op afstand gebleven, dus ik ver-wacht niet al te veel problemen vannacht,' verzekerde Cally haar. Natuurlijk had ze haar moeder niet verteld dat haar begeleider Liliths vriendje was. Dat zag ze niet zozeer als liegen, als wel als ervoor zorgen dat Sheila niet helemaal over de rooie ging. 'Ik zie je op het vlieg-veld als het Bal voorbij is. En dan vertel ik je alles.'

'En geen enkel smeuïg detail overslaan, hè!' Sheila lachte en deed de deur van haar slaapkamer achter zich dicht.

'Welkom in ons huis, baron Metzger.'

Met zijn ruim één meter negentig en schouders als van een krachtsporter, zag baron Karl Metzger er van top tot teen uit als een Europese edelman. Hij was begin vijftig en zijn gezicht leek wel gebeeldhouwd, de scherpe gelaatstrekken nog eens extra geaccentueerd door zijn naar achteren gekamde staalgrijze manen.

'Goedenavond, juffrouw Monture,' zei hij met een fluwelen, diepe stem. 'Je vader had gelijk: je bent een uitzonderlijke jongedame. En wat een prachtige jurk heb je aan!' Baron Metzger keek bewonderend naar haar avondjurk van zwarte charmeuse, met geplooid lijfje en wijd uitlopende rok. Op de jurk, die haar schouders bloot liet, droeg Cally een robijnrode broche. 'Waar komt die vandaan?'

'Ik heb hem zelf gemaakt,' gaf Cally met een verlegen lachje toe.

'Werkelijk?' Baron Metzgers wenkbrauw rees nog hoger. 'Dat je mooi bent had je vader me wel verteld, maar hij heeft niet gezegd dat je ook erg getalenteerd bent. Ik weet het een en ander van mode. Zodra je eenmaal veilig weg bent uit New York, zal ik je voorstellen aan mijn zakenpartner, Nazaire.'

Cally hield verrast haar adem in. 'Bedoelt u de ontwerper, Nazaire d'Ombres? Is hij er ook een van jullie, eh... ik bedoel ons?'

Baron Metzger knikte. 'Jazeker. En hij kan op dit moment zeker wel wat input gebruiken van iemand als jij.'

'Dat zou geweldig zijn!' Cally kon haar opwinding nauwelijks verbergen. 'Dank u wel, baron Metzger! O, en ook bedankt dat u wilt doen alsof u mijn vader bent.'

Baron Metzger boog zijn hoofd en legde zijn hand

op zijn hart. 'Als vazal van je vader sta ik altijd tot zijn beschikking.'

'Werkt u voor mijn vader?'

'Min of meer. Bijna vierhonderd jaar geleden heb ik trouw gezworen aan je grootvader, Adolphus Todesking. Dat was nadat hij mijn vader, Kurt, verslagen had en zo het bloedrecht van de familie Metzger veroverde. Sindsdien ben ik voor eeuwig verbonden aan hem en zijn nazaten.'

'O,' zei Cally. Haar glimlach verloor meteen wat van zijn eerdere sprankeling. Als er iets was wat nog ongemakkelijker voelde dan bediend worden door ondoden, mensen die haar voorouders min of meer vermoord hadden, was het om te doen alsof een voormalige vijand haar vader was.

'Kom liefje, het is tijd om te gaan. We moeten nog een aardig eind rijden naar het landhuis van graaf Orlock.'

'Ja, baron,' antwoordde Cally en ze pakte haar spullen.

'Je bent een zeer beleefd kind, zeg, zeker naar de tegenwoordige maatstaven,' zei baron Metzger goedkeurend. 'Maar vanaf nu is het wellicht verstandiger om me vader te noemen.'

Toen ze de deur achter Cally hoorde dichtslaan, ging Sheila Monture terug naar de woonkamer. Daar zat ze op de chaise longue terwijl Walther en Sinclair haar slaapkamer ontmantelden en de spullen klaarmaakten om per schip over de oceaan vervoerd te worden.

Ze reikte onder de roodfluwelen sierrand onder aan de stoel, haalde een halflege fles Ancient Age-whisky tevoorschijn en begon te drinken. De flatscreen-tv en de homecinema-set stonden al keurig ingepakt in bubbeltjesplastic op de verhuizers te wachten. Vanavond zou ze genoegen nemen met het bekijken van de foto van haar ouders die ze uit Walthers handen had gered.

'Het spijt me, papa,' zei Sheila. 'Ik wou dat je dat wist.' De tranen biggelden langs haar gezicht en vermengden zich met de drank, waardoor die een beetje zout smaakte.

Toen ze de fles weer aan haar mond wilde zetten, hoorde Sheila het gedempte geluid van een telefoon. Het leek uit Cally's kamer te komen.

Een mobieltje? Sinds wanneer had Cally een mobieltje? Sheila stond op en liep een beetje onvast naar de slaapkamer van haar dochter. Daar vond ze, onder de verkreukelde lakens van het hemelbed, een zilverkleurig telefoontje.

Sheila keek op de display om te zien wie het was, maar de beller had blijkbaar zijn nummer afgeschermd. Ze klapte het telefoontje open en hield het bij haar oor.

'Cally, goddank heb ik je op tijd te pakken!' klonk een hijgende jonge mannenstem. 'Je moet me geloven… Het was nooit mijn bedoeling dat het zo zou eindigen! Vergeef me, alsjeblieft. Ik was zo bang dat ik je voor altijd zou verliezen. Niet ophangen. Alsjeblieft… Ik weet dat je niet met me wilt praten, maar je móét echt naar me luisteren!'

'Met wie spreek ik?' vroeg Sheila bozig.

'Cally?' De toon van de stem van de jongen veranderde plotseling van wanhopig naar voorzichtig.

'Je spreekt met Cally's moeder. Cally is er niet,' zei Sheila streng. 'Ze is net vertrokken naar het Grote Bal, met baron Metz… ik bedoel haar vader.'

'O nee…!' riep de jongeman uit. 'U moet ze tegenhouden, mevrouw Monture! U moet haar te pakken zien te krijgen en zeggen dat ze niet moet gaan!'

'Ik weet wie jij bent!' zei Sheila in een plotselinge vlaag van begrip. 'Jij bent die jongen van Maledetto. Jij durft… Laat m'n dochter met rust! Ze heeft absoluut geen behoefte aan zo'n stelletje randfiguren en moordenaars om zich heen.'

'Sheila! Alsjeblieft. Je begrijpt het niet!' De stem van de jongeman klonk nu bijna paniekerig. 'Jullie zijn alle twee in gevaar. Je moet je huis uit!'

'Hoe weet je hoe ik heet?' Sheila fronste haar wenkbrauwen. 'Ga weg en laat mijn dochter met rust, hoor je? Ze heeft echt niet nog meer problemen nodig in haar leven.' Ze klapte het mobieltje dicht en gooide het op bed.

Toen ze haar dochters kamer uit liep, klonk er een harde bons op de voordeur. En weer een, nog luider. Dat waren natuurlijk de verhuizers die de spullen kwamen halen.

'Rustig maar, ik kom al,' riep Sheila.

Het leek wel of degene aan de andere kant van de deur een stormram gebruikte in plaats van zijn vuisten!

'Je hoeft de deur niet uit z'n scharnieren te slaan…!'

Cally was weliswaar niet opgegroeid binnen de vampiergemeenschap, maar ze wist wel dat Rauhnacht voor haar vaders volk een van de belangrijkste data was, een heilige datum zelfs. Over de hele wereld kwamen al sinds duizenden jaren zowel Oudbloeden als Nieuwbloeden bij elkaar om het begin van het Donkere Seizoen te vieren, waarin de nachten langer zijn dan de dagen.

Tientallen belangrijke Oudbloeden waren van over de halve wereld naar het vorstelijke landhuis van graaf Boris Orlock gereisd om de nieuwste oogst aan jongedames te bewonderen.

Aan het einde van een drie kilometer lange oprijlaan leek King's Stone op te rijzen uit de Atlantische Oceaan als een gigantisch zeemonster. De vier stenen torens van het moderne kasteel keken uit naar de vier windrichtingen. Terwijl de antieke Duesenberg van baron Metzger over de privéoprijlaan van de Orlocks reed, zag Cally een tuin met allemaal struiken die in vorm gesnoeid waren. Ze moest glimlachen bij de aanblik van de struiken in de vorm van dieren en mythische wezens. Toen realiseerde ze zich ineens dat de struikdieren roofdieren en hun prooi voorstelden. Een levensboom in de vorm van een leeuw besloop een lauriergazelle, een wolf van mirte joeg op een taxusschaap en een draak gemaakt van hulst verslond een varken van buxus.

Cally staarde naar het grimmige schouwspel, toen in haar ooghoek iets wits langsflitste. Ze draaide zich om, om te zien wat het was.

Er strompelde een man tussen de heggen door. Zijn kleren zagen er verfomfaaid uit en hij zwaaide wild heen en weer met een witte stok met rode bandjes. 'Help me!' riep de blinde man in doodsangst. 'In naam van alles wat heilig is, laat iemand me alsjeblieft helpen!'

Een troep kleine kinderen kwam achter de wolfs- struik tevoorschijn, giechelend en lachend alsof ze in een speeltuin waren. Als één man kwamen ze naar vo- ren en gooiden de blinde man tegen de grond. Cally keek gauw weg toen ze met hun vlijmscherpe bijttand- jes naar hun wanhopig worstelende prooi hapten.

'Ah, blindemannetje!' zei baron Metzger met een weemoedige glimlach. 'Was ik ook nog maar zo jong en onschuldig!'

Toen de auto van de baron het binnenplein, gemaakt van keitjes, op reed, haastte een ondode bediende in knechtenuniform zich naar hen toe en opende het por- tier voor Cally.

Baron Metzger pakte haar hand en legde die op zijn arm; samen liepen ze de trap naar de ingang van King's Stone op. Cally keek even omhoog en zag boven op het ronde puntdak van de noordelijke toren een glimp van wat op een gargouille leek.

De hoofdbutler van de Orlocks, een kale man met een Duits accent en een litteken dat hij had overgehouden aan een duel, stond op wacht in de hal en controleerde iedereen die het huis van zijn meester wilde binnengaan. Cally gaf hem haar uitnodiging, die hij vervolgens op een stapeltje op het tafeltje naast hem neerlegde.

'Welkom op King's Stone,' zei de hoofdbutler. 'De gasten worden verwacht in de Grote Zaal.'

Toen Cally en baron Metzger doorliepen, openden twee bedienden in het uniform van de familie Orlock de enorme dubbele deuren aan het einde van de hal. Cally hield haar adem in toen ze de Grote Zaal zag. Die was meer dan tien meter breed en ruim twintig meter lang, en het gewelfde plafond was zeker twee verdiepingen hoog. De muren van de zaal waren bekleed met rood damast en overal hingen antieke wandkleden, die zeker teruggingen tot de twaalfde eeuw. In deze enorme ruimte hadden zich minstens driehonderd vampiers verzameld, die met elkaar praatten en lachten en bloed tapten uit verwarmde, massief gouden drankfonteinen, één voor elk bloedtype, die op een zeker tien meter lange middeleeuwse bankettafel stonden.

'Kom, liefje,' zei baron Metzger. 'We moeten de heer en vrouwe van King's Stone gaan begroeten. Ah! Daar zijn ze.' Hij stak een hand omhoog. 'Boris!'

Toen hij zijn naam hoorde, draaide de heer van King's Stone zich om om zijn oude vriend te verwelkomen.

Cally had als kind al gehoord van de Orlocks – ze had er inmiddels ook al een ontmoet, de zoon van de graaf, Xander – maar niets had haar voorbereid op wat ze nu zag.

Graaf Boris Orlock, erfgenaam van het bloedrecht van Urlok de Verschrikkelijke, de grootste van alle Stichters, was ondanks zijn gebochelde rug bijna twee meter tien lang en zag eruit als een afschrikwekkende samensmelting van een schedel, een vleermuis en een spin. Hij was zo dun als een skelet, compleet kaal en zijn bijttanden staken als kleine breinaalden uit zijn op een vreemde manier sensuele mond. Zijn oren waren onnatuurlijk groot en puntig, als die van een vleermuis, en er groeiden plukjes haar uit als onkruid. Hij hield zijn lange, dunne armen dicht tegen zijn lichaam en wreef voortdurend zijn handen over elkaar. Zijn vingers waren zo lang en knobbelig als de scharen van een krab. Maar hoewel hij er afstotelijk uitzag, was de afschrikwekkendheid van de graaf op een vreemde manier waardig, zoals je dat alleen ziet bij diegenen die niet alleen lelijk maar ook machtig zijn. Hij dwong van iedereen om hem heen zowel respect als afschuw af.

'Karl! Goed om je te zien, ouwe jongen!' Graaf Orlock glimlachte warm, waardoor hij wel een kale vleermuis leek die zijn bek opensperde, en nam de hand van zijn gast in de zijne.

'Het is ook goed om jou te zien, m'n beste Boris! En de gravin… Je ziet er prachtig uit, als altijd.'

Haar man was de definitie van het woord 'nacht-merrie', maar zijn vrouw, gravin Juliana Orlock, was de vleesgeworden droom. Met haar gave huid, saffierblauwe ogen, lange platinablonde haar en de één schouder bloot latende, glinsterende paillettenjurk die ze droeg, leek ze eerder op weg te zijn naar een Hollywoodpremière dan naar een vampierbal.

'Ah, baron. Nog dezelfde zoetgevooisde duivel als altijd, hoor ik,' zei ze warm.

'Kom kom, Juliana.' Graaf Orlock glimlachte en streek zachtjes met een van zijn buitengewoon lange vingers langs de perfect gladde wang van zijn vrouw. 'Je kunt het een man niet kwalijk nemen dat hij de waarheid spreekt.'

'Lieverd, je laat me blozen,' zei de gravin met een verlegen lachje.

'Uwe Doorluchtigheid, ik wil je graag voorstellen aan mijn dochter, juffrouw Cally Monture.'

Graaf Orlock keek Cally vriendelijk aan en pakte met zijn monsterlijke hand de hare. Tot haar verbazing deed hij dat heel voorzichtig en zacht. 'Ik wist niet dat je een dochter had, Karl.'

'Haar moeder was een van mijn Nieuwbloedmaîtresses,' legde baron Metzger uit. 'Nu mijn lieve vrouw niet langer onder ons is, heb ik besloten om Cally te erkennen.'

'Ah!' zei graaf Orlock met een begrijpend knikje. 'Ze ziet er adembenemend uit, Karl.'

'Dat is werkelijk te vriendelijk van u,' zei Cally en ze maakte een kniebuiging.

'Genoeg gekletst met fossielen zoals ik!' Graaf Orlock lachte. 'Het is Rauhnacht! Deze nacht is voor de jongelui. Een van mijn pages zal je naar boven brengen, naar de andere debutantes. Het duurt niet lang meer voor de ceremonie begint.'

HOOFDSTUK 16

De kamer waar de debutantes wachtten tot ze op het Grote Bal gepresenteerd zouden worden, bevond zich op de tweede verdieping van het hoofdgebouw van King's Stone. Terwijl ze door de sombere gang geleid werd, merkte Cally op dat de kaarsenhouders aan de muren uitgesneden waren in de vorm van armen, met knokige handen die de brandende kaarsen vasthielden. De bediende stopte bij een eiken deur met ruitvormige panelen. Toen hij die opendeed, zag ze een overdadig ingerichte salon in Lodewijk XIV-stijl.

Cally keek de kamer door op zoek naar haar vriendinnen en herkende veel meisjes van Bathory. Toch waren er ook verscheidene die ze niet kende, zoals een meisje in een zwarte sari van Versace en een donkerharig meisje met een originele jurk van Rei Kawabuko.

De Maledetto-tweeling en Melinda zaten bij elkaar in een hoekje van de salon, zo ver mogelijk bij Liliths kliek vandaan. Bella en Bette zaten tegenover elkaar op een antieke dubbele stoel in de vorm van een acht en deden nog wat laatste aanpassingen aan elkaars haar en make-up. Voor het eerst sinds ze de tweeling had leren kennen, hadden de zussen hun haar los en droegen ze niet hetzelfde. Melinda zat in een stoel vlakbij en verwisselde haar Manolo Blahnik's voor een paar Jimmy Choo's met dunne bandjes.

Automatisch begon Cally in de richting van de drie meisjes te lopen, maar ze stopte halverwege de kamer. Hoe graag ze op haar laatste avond in New York ook bij haar vriendinnen wilde zijn, ze kon niet tegen de wens van haar vader ingaan.

Plotseling verscheen er een oudere vrouw vlak voor Cally, gekleed in een strapless avondjurk die zo strak zat dat haar borsten bijna in haar gezicht geduwd werden. 'Je bent te laat! De presentatieceremonie begint over minder dan een uur. Wie ben jij?' vroeg ze, terwijl ze langs haar boezem naar het nieuw aangekomen meisje keek.

'Cally Monture.'

De oudere vrouw raadpleegde de palmtop die ze in haar hand hield en prikte met de stylus op de display. 'Monture… Monture… Aha! Hier sta je. Mijn naam is Pandora Grume; het is mijn taak om ervoor te zorgen dat alles en iedereen vannacht op tijd is.'

'Wat doet zíj hier?!' Lilith, gekleed in een haast gebeeldhouwde Marchesa-avondjurk van zwartsatijnen chiffon, keek Cally woedend aan. Ze had haar handen stevig op haar heupen en tikte boos met een van haar in Prada's gehulde voeten op de grond. 'Sinds wanneer stuurt het presentatiecomité ook uitnodigingen naar vaderloze bastaards?'

De hele kamer viel stil en iedereen, inclusief Melinda en de tweeling, draaide zich om en staarde naar Cally.

'Ik heb wel een vader.'

'Ja, maar je weet niet eens hoe hij heet,' zei Carmen, die opstond van een sofa vlakbij. 'Dat heeft Lilith me zelf gezegd!'

'Dat is niet meer zo,' zei Cally tegen Carmen, terwijl ze een oog op Lilith gericht hield. 'Mijn vader heeft me erkend als zijn wettige dochter.'

Toen ze dat hoorde, kromp Lilith in elkaar en werd stil.

Maar Carmen ging gewoon door met haar verbale aanval. 'O ja? En wie is hij dan?'

'Baron Metzger.'

'Metzger?' zei Lilith met een geknepen stemmetje. Haar ogen vernauwden zich tot wantrouwige spleetjes.

'Mag ik uw aandacht, alstublieft?' zei madame Grume. Haar stem sneed dwars door het giechelige geklets dat de kamer vulde. 'Het is tijd voor alle debutantes om hun boeket op te halen.' Ze deed een stap opzij toen een knecht van de Orlocks binnenkwam met een serveer-wagentje met dertien boeketten.

Alle boeketten bestonden uit rozen, maar ze waren verre van identiek. Elk boeket was uniek en er hing een kaartje aan waarop stond voor wie het was en van welke begeleider het afkomstig was.

Lilith stapte naar voren en claimde haar plek vooraan in de rij. Ze was blij verrast toen ze zag dat haar boeket het mooiste op het wagentje was: zes helderrode Passion-rozen met een paar takjes krulwilg, samengebonden met een zwartsatijnen lint. Exo was dan misschien een nerd en een vleermuis, maar hij had tenminste wel stijl. Toen ze haar boeket oppakte, viel haar oog op Cally's naam, geschreven op het kaartje van een bos fluweelzachte donkerrode Black Magic-rozen, samengebonden met een antiek kanten lint.

Ze vroeg zich af welke sneue loser de begeleider wilde zijn van een halfbloedbastaard als Monture. Uit op wat leedvermaak draaide ze het kaartje om. Stomverbaasd staarde ze naar de naam op de achterkant.

Dat moest een vergissing zijn. Dat kón niet. Hij zou nooit… Hij wist wat ze van Cally vond! Liliths hart ging zo hard tekeer in haar borstkas dat ze bang was dat het eruit zou springen.

'Is er iets, Lili?' vroeg Carmen. 'Je handen trillen helemaal.'

Lilith greep haar boeket en rende de kamer uit. Carmen keek haar stomverbaasd na. Het roodharige meisje pakte haar eigen boeket – een half dozijn karmozijnrode rozen versierd met Swarovski-kristallen

– en rende haar achterna.

Carmen vond haar vriendin in de toiletruimte tegenover de salon. Lilith stond voor de wasbak en liet de
warme kraan lopen tot de stoom ervanaf kwam. Terwijl Carmen verbaasd toekeek, stak Lilith haar handen
onder de hete straal. Haar huid werd vuurrood en op
haar handpalmen verschenen blaren; Lilith siste tussen
haar tanden.

'Wat doe je?!' riep Carmen uit.

'Ik ga niet huilen!' zei Lilith met op elkaar geklem-
de kaken. Ze deed een stap bij de wasbak vandaan. 'Ik
weiger om mijn make-up te verpesten. Niet waar zij
bij is.'

De brandwonden die ze zichzelf had toegebracht,
begonnen alweer te verdwijnen, tegelijk met de pijn.
Bijna was ze, waar de anderen bij waren, de controle
over zichzelf kwijtgeraakt, maar door haar handen in
het kokend hete water te houden, wist ze de tranen terug te dringen.

'Waar heb je het over?' Carmen keek haar onderzoekend aan.

'Jules.'

'Wat is er met Jules?' vroeg Carmen ongemakkelijk.
Ze vroeg zich af of de geruchten eindelijk Liliths oren
hadden bereikt.

'Hij is Cally's begeleider!' Lilith spuugde het eruit.

Carmens opluchting dat haar affaire met Jules nog

niet ontdekt was, verdronk bijna in haar eigen jaloezie. Gelukkig wist ze die snel te maskeren als woede vanwege wat Lilith was aangedaan. 'Die trut! Hoe durft ze? Ik zal haar 'ns goed zeggen wat ik van haar vind!'

Met haar handen tot vuisten gebald stormde Carmen de toiletruimte uit, terug naar de salon. Ze herinnerde zich de uitdrukking op Jules' gezicht op de avond dat hij haar gezegd had dat hij niet haar begeleider wilde zijn.

Die klootzak! dacht ze. Mij laat hij zitten, maar hij heeft er geen problemen mee om ja te zeggen tegen een of andere Nieuwbloedslet!

Cally zat in haar eentje op een dubbele stoel toen Carmen Duyvel door de kamer naar haar toe kwam stampen; haar smaragdgroene ogen brandden van woede. 'Dat was echt zó laag, om dat Lilith aan te doen!' zei ze verhit.

'Ik heb geen idee waar je het over hebt,' antwoordde Cally.

'Daar trap ik niet in!' Carmen schreeuwde bijna. 'Je weet precies waar ik het over heb. Je probeert Jules van Lilith af te pakken!'

'Ben je gestoord of zo?' Cally keek Carmen aan alsof ze een of andere gek was die op een metroperron stond te raaskallen. 'Hij is alleen maar mijn begeleider, verder niks. Ik heb hem gevraagd en hij zei ja. En trouwens, ík ben niet degene die met hem het bed in duikt,' merkte ze scherp op.

Carmens jaloerse woede verdween onmiddellijk en in plaats daarvan voelde ze een strakke knoop in haar maag. 'Wat wil je daarmee zeggen?'

'Wat denk je zelf?' snauwde Cally. 'Ik hoef me nergens voor te schamen. Ik ben niet degene die doet alsof ze Liliths vriendin is.'

Carmen keek ongemakkelijk om zich heen. Elk oor en elk oog in de kamer was nu op haar gericht. Ineens leek het niet meer zo'n goed idee om Lilith als excuus te gebruiken om Cally aan te spreken over Jules. Toen ze geen enkel scherp weerwoord wist te bedenken dat haar niet nog meer in de problemen zou brengen, liep Carmen maar gewoon weg. Terwijl ze dat deed, zag ze Lilith in de deuropening van de salon staan. Die keek haar aan met een koude, keiharde blik.

'Lilith, het is heel anders dan het klinkt,' verzekerde Carmen haar.

Lilith zei niets en liep met een boog om het roodharige meisje heen. Carmen wilde achter haar aan gaan, maar Lilith draaide zich om en fixeerde haar met een woedende blik. 'Nee.'

'Maar...'

'Ik zei nee.' Lilith beende de kamer door en ging bij Lula en Armida staan.

Carmen kon de snelheid waarmee ze zonet uit de gratie was gevallen, maar nauwelijks bevatten. Bij wat haar officiële introductie in de Oudbloedgemeenschap had moeten zijn, was Carmens sociale leven zojuist

afgesneden, zo netjes en totaal als een ziek lichaams-
deel dat door een chirurg wordt geamputeerd.

Terwijl Carmen verloren door de salon zwierf en wanhopig zocht naar een plek die veilig buiten Liliths bereik was, zwaaiden de deuren open. Madame Grume
kwam de kamer binnen terwijl ze alweer voor een ser-
veerwagentje uit liep, deze keer met daarop een schaal
van geslepen kristal met dertien bijpassende glazen.
De donkerrode vloeistof in de schaal klotste zachtjes
heen en weer toen de bediende het wagentje naar het
midden van de salon reed.

'Dit is een echte traktatie, dames! Graaf Orlock heeft
voor jullie jongedames iets heel speciaals uitgezocht uit
zijn persoonlijke kelders,' kondigde madame Grume
aan. 'Het is bloed van het type HH, het beroemde
Bombay-fenotype, het zeldzaamste bloed ter wereld!'

De ondode bediende schepte de vloeistof voorzichtig
in de verfijnde kristallen glazen, om geen druppel van
het kostbare vocht te verspillen. Daarna deelde hij de
glazen een voor een uit aan de meisjes.

'De Stichters zijn geprezen,' zei madame Grume.

'Op de Stichters,' riepen de meisjes tegelijk. Ze hieven hun glas in een toost aan hun voorvaderen.

Cally nam een slokje van het bloed, dat indrukwek-
kender smaakte dan alles wat ze tot nu toe geproefd
had. Dus dit was hoe de megarijke Oudbloeden leefden.

Ze was zo geconcentreerd aan het genieten van haar drankje, dat ze niet gemerkt had dat Lilith vlak bij haar stond.

'Kijk uit met je elleboog!' snauwde Lilith en ze gaf een duw tegen Cally's arm.

Er klonk een collectieve zucht toen bloed uit Cally's glas op de rok van haar jurk spetterde. Het dikke bloed liet een olieachtige vlek achter op de donkere stof.

'Mijn jurk!' kreunde Cally.

'Het is niet mijn schuld dat je in de weg stond!'

De aanblik van Liliths grijnzende gezicht maakte Cally zo kwaad dat haar hele lichaam leek te trillen. 'Dat deed je expres!'

'Hoe durf je me van zoiets te beschuldigen,' snoof Lilith verontwaardigd. 'Als jij niet zo onhandig was, zou je sowieso niks gemorst hebben.'

'Dat neem je terug!'

'O ja? Wou je me dwingen?'

Tot Cally's verbazing stapten Bella en Bette Maledetto naar voren en gingen aan weerszijden van haar staan.

'Neem dat terug, Lilith,' zei Bella streng.

'Ja, laat haar met rust,' knikte Bette.

Lilith wierp automatisch een blik over haar schouder, om zich vervolgens meteen te herinneren dat ze niet langer op Carmens steun kon rekenen. Ze zocht Lula en Armida, die het schouwspel vanaf de zijlijn stonden te bekijken. Voor Lilith oogcontact met hen kon maken, keerden beide meisjes echter heel snel hun gezicht van haar af.

'Wat is er, Lilith?' vroeg Melinda, die naast haar vriendinnen ging staan. 'Heb je je tong verloren?'

Lilith staarde haar boos aan en opende haar mond, maar veranderde plotseling van gedachten en liep zonder nog een woord te zeggen weg. De vier vriendinnen keken elkaar aan en slaakten allemaal een zucht van verlichting.

'Ik kan niet geloven dat jullie dat voor me hebben gedaan, na hoe ik jullie behandeld heb,' zei Cally verbaasd.

'Jij en Melinda zijn de enige meisjes op Bathory die ons in al die tijd een beetje fatsoenlijk behandeld hebben,' zei Bette. 'Jullie zijn de enige vrienden die we ooit gehad hebben.'

Bella knikte. 'Mijn zus heeft gelijk. We vinden je aardig en niets kan dat veranderen, Cally.'

Cally schudde haar hoofd. Ze voelde zich klein worden door de blijk van loyaliteit die de zussen haar hadden laten zien. Hoe had ze kunnen toestaan dat Victor Todd, die niet veel meer voor haar was dan een vreemdeling, haar zo manipuleerde dat ze de banden met haar beste vriendinnen verbrak? Hoe graag ze ook deel wilde uitmaken van de wereld van haar vader, op dit moment besloot Cally dat er grenzen waren aan hoe ver ze zou gaan om hem te plezieren.

'Het kan me niet schelen of ik erdoor in de problemen kom, ik blijf voortaan lekker omgaan met wie ik wil,' zei Cally. 'En als mijn ouders daar niet blij mee zijn, dan moeten ze er maar gewoon aan wennen.'

En trouwens, zei Cally tegen zichzelf, wat zou het haar vader kunnen schelen dat ze deze avond voor de laatste keer met haar vriendinnen doorbracht? Binnenkort zou ze haar hele wereld achter moeten laten, dus het was alleen maar eerlijk als ze de laatste avond van haar oude leven bij haar vrienden kon zijn.

'Ik ben zo trots op jullie,' zei Cally. 'Jullie zien er alle twee fantastisch uit.'

'Je jurk is echt geweldig!' vond Bette enthousiast.

'Echt wel,' knikte Bella. 'Ontzettend jammer dat hij nu verpest is.'

'Dat zullen we nog wel eens zien.' Melinda duwde Cally naar een stoel. 'Ik heb iets bij me wat misschien kan helpen,' legde ze uit. Ze haalde een klein groen flesje en een zakdoek uit haar tasje. 'Het is een speciaal recept uit mijn moeders familie dat van generatie op generatie wordt doorgegeven. Het wist alle vlekken uit zonder de stof te beschadigen. Ik heb het altijd bij me, voor als ik een "ongelukje" krijg.' Ze haalde de kurk van het flesje en deed wat van de vloeistof op de zakdoek. Vervolgens depte ze het bloed op Cally's jurk ermee. 'Zie je wel? Het gaat er helemaal uit...'

'Dankjewel, Melly,' zei Cally. 'Dat is echt heel lief van je.'

'Dat is wel het minste wat ik kan doen, onder deze omstandigheden.' Melinda haalde haar schouders op.

'Ik heb je nog nooit bedankt voor wat er laatst gebeurd is.'

'Wat? Bedoel je op de pier? Ach, vergeet dat toch.'

'Vergeten dat ik een bloedschuld bij je heb? Echt niet. Ik heb m'n leven aan je te danken.' Ze boog naar Cally toe en fluisterde: 'En mijn vriend ook. Hij heet Tommy Bang. Geen grappen, alsjeblieft. Zijn vader is eigenaar van de Ghost Tigers in Chinatown.'

'Je bent me helemaal niks verschuldigd, Melly,' zei Cally. 'Jij zou in mijn positie precies hetzelfde gedaan hebben.'

'Ik hoop dat ik nog eens de kans krijg om daarachter te komen. Niet dat ik ervan uitga dat je in een hinderlaag van Van Helsings loopt...'

'Niet al te binnenkort, hopelijk,' lachte Cally.

'Oké, jongedames. Het is bijna tijd!' kondigde madame Grume aan. 'Ik wil graag dat jullie in een rij op de gang gaan staan. Achter elkaar! En vergeet je boeket niet. Volg mij.'

De debutantes pakten hun spullen en liepen de gang in, terwijl madame Grume opnieuw haar palmtop raadpleegde. 'Wie gaat er eerst? Even zien... Armida Aitken?'

'Hier,' zei Armida en ze stak een hand in de lucht.

'En je begeleider is...?'

'Erik Geist.'

'Armida, ik wil dat je voor de deur aan het einde van de gang gaat staan. Als de deur opengaat en je hoort dat je naam wordt geroepen, stap je over de drempel. Aan de andere kant begint de trap. Je vader staat daar op je te wachten. Je geeft hem je rechterhand en houdt je boeket in je linkerhand, en dan leidt hij je de trap af. Onder aan de trap zal je begeleider, Erik Geist, op je staan wachten.

Hij neemt je bij je rechterhand en leidt je rond over de dansvloer. Je maakt op alle vier de hoeken een knie-buiging, en een laatste voor de gastheer en -vrouw van het Grote Bal. Zodra je klaar bent, trekken jij en me-neer Geist je terug op het podium aan de andere kant van de balzaal. Jij gaat op een van de stoelen zitten en meneer Geist gaat achter je staan. Daar wacht je tot de andere jongedames hun debuut maken. De presentatie van de dertiende en laatste debutante kondigt de eerste wals van het Grote Bal aan.

Zodra de eerste wals begint, leg je je boeket op je stoel en loopt met je begeleider naar de dansvloer. De hele presentatie, van begin tot eind, neemt niet meer dan vijf minuten in beslag. Alles begrepen, jongeda-me?'

Armida knikte. 'Ik wacht tot de deur opengaat en ik mijn naam hoor.'

Madame Grume zuchtte diep. 'Ja, zo ongeveer, lie-verd.'

Cally wachtte op haar beurt. Ze was opgelucht dat ze bij Melinda en de tweeling stond, en niet tussen vreemden, of nog erger, vijanden. Toen de zusjes Maledetto de deur door waren gelopen en naast hun vader de trap afdaalden, boog Melinda naar Cally toe en fluisterde: 'Ik moet je zeggen dat je nu ook vrienden hebt in Chinatown.'

'Het is altijd goed om vrienden te hebben.'

'Vooral als je er een gewoonte van blijft maken om Lilith steeds weer tegen je in het harnas te jagen.' Melinda schudde ongelovig haar hoofd. 'Jules als je begeleider? Wat dacht je eigenlijk?'

'Dat Lilith me aan m'n reet kan roesten.'

De twee vriendinnen barstten uit in gegiechel. Cally besefte dat ze zich dit moment waarschijnlijk haar hele leven zou blijven herinneren, hoe lang dat ook mocht duren. Al vond ze het nog zo leuk om met Melinda en de tweeling te zijn, de lol die ze met hen had, was steeds vermengd met verdriet.

Cally voelde haar geheimen – ál haar geheimen – omhoogkruipen in haar keel en tegen elkaar aan botsen in hun haast om van haar lippen te springen. Ze duwde haar nagels in haar handpalmen, in de hoop dat de pijn haar aandrang om alles te vertellen zou verdrijven. Maar het hielp niet.

'Melly, er is iets belangrijks dat ik je moet vertellen…'

'Wat dan?'

Voor Cally nog iets kon zeggen, tikte madame Grume Melinda op haar schouder. 'Juffrouw Mauvais! U bent de volgende.'

Melinda keek bezorgd op naar Cally. 'Hoe zie ik eruit?'

'Helemaal fantastisch, Melly,' zei Cally.

Melinda liep naar de deur, met haar boeket stevig in beide handen tegen haar borst gedrukt. Plotseling fronste ze haar voorhoofd en keek om naar Cally. 'Wat wilde je me nou vertellen?'

'Bedankt dat je m'n vriendin bent. Dat is alles.' Cally glimlachte.

Voor Melinda kon antwoorden zwaaide de deur open en klonk er aan de andere kant een zware stem die aankondigde: 'Anton Mauvais uit Manhattan presenteert u zijn dochter: Melinda.'

Cally liet een korte zucht van opluchting ontsnappen toen Melinda over de drempel stapte. Ze had zojuist op het nippertje een vreselijke ramp vermeden, maar toch voelde een deel van haar zich triest dat ze geen tijd had gehad om de waarheid te vertellen.

Het leek wel alsof ze, hoe dichtbij ze ook bij anderen kwam, degenen om wie ze echt gaf altijd op een armlengte afstand moest houden. En wat voor draai haar vader er ook aan gaf, geen afscheid kunnen nemen van je vriendin was echt ontzettend klote.

HOOFDSTUK 17

'Jij bent dat meisje van Monture, toch?' vroeg madame Grume.

'Ja, mevrouw,' antwoordde Cally.

'Is er iets met je hand, lieverd?'

'Mijn hand?' Cally keek omlaag en zag dat ze, zonder zich ervan bewust te zijn, met haar linkerhand over de rok van haar jurk wreef. Haar hand voelde aan alsof hij had geslapen en het bloed juist weer begon te stromen. 'O, er is niets,' zei ze snel. 'Ik ben gewoon een beetje zenuwachtig.'

'Ik kan je verzekeren, meisje, er is echt niets om zenuwachtig voor te zijn.' Madame Grume glimlachte en klopte haar op de schouder. 'Je ziet er werkelijk adembenemend uit.'

Plotseling zwaaide de deur open en een mannelijke stem klonk: 'Baron Karl Metzger uit Berlijn en Parijs presenteert u zijn dochter: Cally Monture.'

Cally greep haar boeket vast alsof het een reddings-lijn was in een woelige zee, en stapte toen door de deur. Ze stond boven aan een zeker negen meter hoge trap, die versierd was met lange klimopranken en in een elegante boog naar beneden liep.

Beneden haar was een enorme gotische balzaal. Het gewelfde plafond was van gebeeldhouwde witte steen en de boogramen keken uit over de uitgestrekte landerijen van het kasteel. Tussen de gigantische metalen kroonluchters hingen kleden uit de renaissance. De vloer van de balzaal stond vol met dezelfde feestgangers die ze eerder in de Grote Zaal gezien had, hun gezichten naar boven gericht, allemaal nieuwsgierig naar haar kijkend. Ze kon mensen met elkaar zien praten, sommige achter hun hand, maar andere openlijk.

'Ik wist niet dat hij een dochter had...'

'Ik heb gehoord dat ze van een van zijn maîtresses is...'

'Wat een prachtige jurk...'

Ze keek omlaag naar de crème de la crème van de Oudbloedsociety en voelde dat haar knieën begonnen te knikken. Het vreemde, prikkende gevoel in haar hand werd sterker en leek langs haar arm omhoog te kruipen. Ze keek naar rechts en zag haar zogenaamde vader, baron Metzger, op de tree net onder haar staan, zijn hand naar haar uitgestoken.

'Je hoeft echt niet zenuwachtig te zijn, liefje,' zei hij met een geruststellende glimlach.

Cally reikte de oudere man dankbaar haar rechterhand, terwijl ze Jules' boeket in haar linkerhand hield. De baron leidde haar de trap af en Cally keek onderzoekend de balzaal rond, op zoek naar haar echte vader. Haar glimlach verdween toen ze zich realiseerde dat hij er niet was.

Jules stond onder aan de trap te wachten en zag er geweldig uit in zijn smoking van Armani. Hij stapte gretig naar voren om haar bij de hand te nemen.

'Pas goed op haar, jongeman,' zei baron Metzger met een knipoog toen hij Cally overdroeg aan haar begeleider.

'Zeker, meneer,' antwoordde Jules. 'Dat zal ik doen.'

Toen Cally het vrijgehouden gedeelte van de dansvloer op werd geleid om aan haar formele introductie aan de verzamelde hotshots te beginnen, begon het kwartet dat in de orkestnis verborgen zat Mozart te spelen.

'Ben je bang?' vroeg Jules zacht toen Cally een kniebuiging maakte naar het westen, symbool van de ondergaande zon.

'Nee, bang niet,' antwoordde Cally nog zachter. 'Ik sta doodsangsten uit.'

'Dat hoeft niet.' Jules leidde haar naar de oosthoek, die de rijzende maan vertegenwoordigde. 'Je doet het geweldig.'

'Vind je dat echt?' vroeg Cally zenuwachtig. Ze maakte een kniebuiging naar het zuiden, symbool van het stervende daglicht.

'Kijk dan naar ze,' drong Jules aan terwijl hij haar naar de noordpunt bracht, die de rijzende duisternis symboliseerde.

Cally keek voorzichtig op naar de gezichten van de feestgangers die om de dansvloer heen stonden. Sommige gasten keken haar afkeurend aan, maar veel andere bekeken haar met een gretigheid en interesse die haast hongerig leek.

'Zie je wel?' Jules glimlachte. 'Je hebt ze om je vinger gewonden.'

Het was tijd om haar vijfde en laatste kniebuiging te maken, deze keer voor de gastheer en zijn vrouw. Jules leidde haar naar de enorme haard aan de andere kant van de ruimte. Voor de schouw zaten de graaf en de gravin, ieder op een troon met hoge rugleuning en met ivoor en been ingelegde armleuningen.

'In de naam van de Stichters,' zei graaf Orlock toen Cally voor hem boog, 'verwelkom ik je als een van het Bloed, dochter van Metzger.'

'Dank u, Uwe eminentie,' antwoordde Cally.

Nu bracht Jules haar naar het podium aan de over-kant van de zaal. Daar zaten de andere debutantes, met hun gezicht naar de dansvloer en hun begeleiders ach-ter zich. Cally ving een glimp van haar vader op; hij stond naast de trap, gekleed in rokkostuum. Hij wacht-te op zijn beurt om de trap op te lopen en Lilith te pre-senteren. Naast hem stond een chic uitziende vrouw in een avondjurk van lila crêpe. Haar blonde haar was hoog opgestoken in een ingewikkeld kapsel en ze had dezelfde kille blauwe ogen als Lilith.

Cally liep naar haar plaats op het podium bij de andere debutantes en werd begroet door Melinda en de tweelingzussen, die op bij elkaar passende Queen Anne-stoelen zaten.

'Je zag er echt fantastisch uit daar!'

'Dank je, Bella,' zei Cally.

Achter hen stonden hun begeleiders voor de avond. Cally herkende de jongemannen achter Bella en Bette niet, maar de begeleider van Melinda kende ze zeker.

'Goed om je te zien, Cally,' zei Lucky Maledetto. Hij schonk haar een kwajongensachtige glimlach.

'Ook leuk om jou te zien,' antwoordde ze met een heel klein blosje op haar wangen.

'Mag ik, Faustus?' zei Jules stijf terwijl hij langs Lucky stapte.

Met één wenkbrauw geamuseerd opgetrokken keek Lucky toe hoe Jules Cally's stoel naar achteren schoof. 'Hallo, Jules. Sinds ik van Ruthven af ben, heb ik je helemaal niet meer gezien.'

'Ach, je weet hoe dat gaat,' antwoordde Jules. Hij vermeed Lucky's blik. 'Druk met school en zo.'

'Natuurlijk,' zei Lucky droog.

Cally ging op haar stoel zitten en legde het boeket in haar schoot. Toen ze haar ogen over het publiek liet glijden, zag ze dat Victor Todd haar dwars door de zaal heen afkeurend aankeek. Hij was duidelijk niet erg blij met de openlijke vriendschappelijkheid tussen haar en de Maledetto's. Cally's hart maakte een salto en ze keek snel de andere kant op.

Gedurende het afgelopen uur had Lilith ongeduldig zitten wachten terwijl de andere meisjes een voor een de deur uit liepen. Dat wil zeggen: op de Maledetto-zusjes na, die elk aan een kant door hun vader de trap af geleid werden. Ze had haar tijd besteed aan het likken van de wonden die eerder die avond aan haar ego waren toegebracht.

Dit had haar grote avond moeten zijn, haar schitter-moment als het middelpunt van het Grote Bal. Maar inmiddels was ze erachter gekomen dat haar vader, Jules, en haar zogenaamde 'beste vriendin' in het geheim hadden samengespannen om alles te bederven.

Ze kon tegen zichzelf zeggen dat het niet echt Jules' schuld was. Tenslotte had Cally hem gevraagd om haar begeleider te zijn, dus het kwam allemaal door haar. Natuurlijk had Jules nee kunnen zeggen; maar hij was zwak, net als alle mannen. Het maakte weinig verschil of ze mens of vampier waren. Tot nu toe had ze zijn gerommel met meisjes uit hun eigen sociale kringen getolereerd, maar deze keer was hij te ver gegaan, zelfs voor haar. Ze zou hem laten boeten voor het keihard negeren van haar gevoelens.

Ze vroeg zich af of Cally werkelijk geloofde dat de

oude baron haar vader was. Lilith wist dat het een leugen was, maar wist Cally dat ook? Wat was Victors bedoeling met het naar voren schuiven van Metzger?

En dan was er natuurlijk nog de kwestie van Carmen. Trouweloze, sletterige Carmen. Vergeleken bij wat haar vader en Jules hadden gedaan, was haar verraad haast zo gering dat Lilith het door de vingers kon zien. Bijna.

Ze dacht eraan hoe degenen die het dichtst bij haar hoorden te staan zich tegen haar gekeerd hadden. Liliths woede verdween en maakte plaats voor een koude, berekenende haat en het verlangen om iedereen die haar had laten zitten zo veel mogelijk pijn en leed te berokkenen. In elk geval zorgde die haat ervoor dat ze niet wegzonk in de verschrikkelijke leegte die haar dreigde op te slokken.

Lilith was zo druk bezig met het beramen van de ondergang van haar familie en vrienden, dat ze bijna niet hoorde dat haar naam genoemd werd. Ze stapte de deur door en keek uit over de enorme ruimte. Alle ogen waren op haar gericht. Ze was het middelpunt van de belangstelling; meer dan driehonderd van de machtigste, meest invloedrijke en bevoorrechte leden van de Oudbloedgemeenschap keken naar haar.

En toch… het was niets vergeleken bij wat ze had gevoeld toen ze voor de camera stond. Eén keer had ze die pure, onversneden aandacht gevoeld, en nu kon niets anders daar meer aan tippen.

Ze dacht aan Kristof. Ongetwijfeld zou hij er zijn

rechterhand voor hebben gegeven om zo'n groots spektakel te mogen fotograferen.

Lilith dwong haar lippen in een glimlach en pakte haar vaders hand. Toen Victor Todd en zijn dochter de trap afdaalden, het symbool van Liliths overgang van kind naar jonge vrouw, klonk er applaus op van de toeschouwers beneden.

'Ik weet niet waar u mee bezig bent, om uw liefdesbaby te laten doorgaan voor de dochter van Metzger,' zei Lilith, zonder dat haar glimlach ook maar even haperde. 'Maar het zal u niks goeds brengen.'

'Ik verzeker je dat ik er niets mee te maken heb dat zij hier is,' antwoordde Victor uit een mondhoek. 'Metzger chanteert me. Hij weet van Cally en heeft gedreigd om foto's van "Lili" naar de Synode te sturen.'

'En wat bent u nu van plan?'

'Hem een boel geld betalen, natuurlijk. En hij heeft het recht opgeëist om in onze bloedlijn te trouwen. Ik heb je zuster aan hem uitgeleverd in ruil voor zijn zwijgen.'

'Wát heeft u gedaan?' siste ze en ze staarde haar vader ongelovig aan.

'Niet naar mij kijken, lieverd, kijk naar het publiek,' waarschuwde Victor haar. 'Cally weet hier niets van. Zij weet niet beter dan dat Metzger haar vader is. En trouwens, had je liever dat ik jou aan hem opofferde in plaats van haar?' Toen ze onder aan de trap waren, fluisterde hij in haar oor: 'Je gelooft me misschien niet, na alles wat er de afgelopen tijd gebeurd is, maar je blijft mijn dochter, Lilith. Er is niets wat ik niet zou doen om jou te beschermen, prinses.'

Lilith keek vanuit haar ooghoek naar Victor, maar het was onmogelijk om uit te maken of hij de waarheid sprak of niet.

Terwijl ze zich afvroeg of ze haar vader moest geloven, stapte Xander Orlock naar voren en hij pakte haar hand. Hij droeg een smoking van Versace en zijn blonde haar was met pommade strak naar achteren gekamd. Hij keek naar haar op met zijn grote, blauwgrijze ogen; zijn brede sensuele mond lachte. 'Je hebt er nog nooit mooier uitgezien dan op dit moment, Lilith,' zei hij.

Ondanks alles moest Lilith glimlachen. Zonder nog naar haar vader om te kijken volgde ze haar begeleider de dansvloer op om haar formele kniebuigingen naar de gasten te maken.

Toen ze langs het podium liepen met de andere meisjes en hun begeleiders, vuurde ze een verwoestende blik af op Jules. Tot haar verbazing zag ze regelrechte jaloezie op zijn gezicht; iets wat ze nooit eerder had gezien.

Toen ze de donkere blikken zag die de twee neven met elkaar wisselden, drong het plotseling tot Lilith door dat de manier om Jules terug te pakken voor zijn verraad met haar gehate halfzuster, letterlijk in haar hand lag. Het lukte haar nog maar net om een enorme grijns tegen te houden. Wie had ooit gedacht dat een nerd als Exo nog eens zo geweldig nuttig zou kunnen zijn?

Terwijl Xander haar escorteerde van west naar oost en van zuid naar noord, zorgde Lilith ervoor dat ze steeds breed glimlachte en vreselijk van zijn gezelschap leek te genieten. Ze keek geamuseerd toe hoe Xanders borst opzwol van trots terwijl hij het mooiste meisje in New York City door de balzaal begeleidde.

Toen Xander Lilith voor haar laatste kniebuiging meenam naar zijn ouders, zag Lilith een glimp van goedkeuring in de ogen van de graaf. Maar het voorhoofd van de gravin was gefronst en de uitdrukking op haar gezicht was bezorgd.

Plotseling klonk de klok, die middernacht sloeg. Graaf Orlock stond op van zijn troon en gebaarde naar het orkest. 'Eindelijk: Rauhnacht is aangebroken, mijn vrienden!' verkondigde de graaf. 'Het Grote Bal kan beginnen. En dit jaar valt de eer van de openingsdans toe aan mijn eigen zoon en erfgenaam, Xander Orlock, en zijn lieftallige dame, juffrouw Lilith Todd!'

Het orkest zette 'Wiener Blut' van Strauss in en het jonge paar liep naar het midden van de dansvloer, onder gretig applaus van de toeschouwers.

Lilith had verwacht dat Xander een onhandige danspartner zou zijn, maar tot haar verrassing nam hij meteen de juiste houding aan. Hij pakte haar rechterhand in zijn linker en strekte haar arm opzij, terwijl zijn rechterhand zonder aarzelen in positie gleed langs de linkerkant van haar lichaam. Ze voelde zijn hand stevig tegen haar rug duwen, vlak onder de rand van haar schouderblad. Instinctief probeerde ze wat afstand te bewaren tussen hun lichamen, maar hij hield haar ferm in zijn greep.

Ze gooide haar hoofd naar achteren om hem te berispen vanwege zijn overmoedigheid, maar werd gevangen door zijn blauwgrijze ogen. Opeens stoorde het gevoel van zijn abnormaal lange maar krachtige vingers tegen haar lichaam haar niet meer.

'Zullen we dansen?' zei Xander met een glimlach.

En toen de toekomstige graaf Orlock haar tegen de richting van de klok in door de zaal liet wervelen en haar met slechts de lichtste druk tegen haar middel leidde, verdwenen al haar woede en wraakplannen. Lilith merkte zelfs dat ze glimlachte, niet omdat dat nu eenmaal van haar verwacht werd, maar omdat ze het daadwerkelijk naar haar zin had.

De debutantes stonden op van hun stoelen op het podium en stapten de dansvloer op. Met hun begeleiders voegden ze zich bij de walsende Xander en Lilith. Binnen enkele seconden was de balzaal gevuld met prachtige jonge meisjes en knappe jonge mannen in avondkleding, die over de dansvloer zwierden als de patronen in een caleidoscoop.

Cally draaide rond in Jules' armen, maar betrapte

zich erop dat ze liever met Peter had gedanst. De aandacht van Jules en Lucky was natuurlijk heel vleiend – en zelfs een beetje opwindend – maar haar hart lag ergens anders, dat viel niet te ontkennen. Het was jammer dat ze dat nu pas tegenover zichzelf durfde te bekennen, nu er geen enkele hoop meer was dat ze hem ooit nog zou zien.

Terwijl Cally en Jules zich langs de andere paren op de dansvloer bewogen, leek het alsof de wereld zelf op hoge snelheid om hen heen draaide. De gezichten van het publiek begonnen in elkaar over te lopen. En toen ze langs een van de boogramen zwierden die op de tuinen uitkeken, dacht Cally dat ze een bekend gezicht tegen de ruit gedrukt zag, dat naar haar keek. Met een schok herkende ze Peter.

Haar hart sprong op en ze rekte haar nek om nog een glimp van hem op te vangen. Was wat ze gezien had echt of verbeelding? Maar Jules bewoog te snel, en andere feestgangers blokkeerden haar zicht; ze kon het niet goed zien. Tegen de tijd dat ze weer naar dezelfde kant van de zaal dansten, was het raam leeg.

Het was gezichtsbedrog geweest, dat moest wel. En toch voelde Cally een zware teleurstelling.

Natuurlijk is Peter hier niet, sprak ze zichzelf ernstig toe. Wat heeft hij hier te zoeken? Zelfs als hij wist waar ik was, zou het zelfmoord zijn om me te volgen.

Ze zei tegen zichzelf dat ze Peter uit haar hoofd moest zetten. Omdat ze voortdurend aan hem dacht, was haar geest spelletjes met haar gaan spelen. En trouwens, het had geen zin om tegen beter weten in te hopen. En als haar linkerhand nou ook eens zou stoppen met tintelen, dan zou ze zich eindelijk kunnen gaan vermaken...

Buiten de balzaal, in de duisternis van de koude herfstnacht, sneed een eenzame straal maanlicht door de wolken die vanaf de Atlantische Oceaan kwamen binnendrijven. Het licht viel op de daken van King's Stone en op de gargouille die op een van de torens zat, zijn huid de kleur en textuur van uitgehouwen rots. Het beest hief zijn brede hondachtige kop en snoof met zijn grote, platte neusgaten de zeelucht op. In de verte was een korte lichtflits te zien, gevolgd door een lage donder.

Talus gromde verwachtingsvol, spreidde zijn leerachtige vleugels en steeg op om zich bij zijn meester te voegen. De storm zou snel komen. Heel snel.

Lees verder in:

Nancy A. Collins

BLOEDMOOI

VAMPS

www.blossombooks.nl

Woordenlijst

Bloedrecht

Het bloedrecht is het recht om controle uit te oefenen over alle ondoden die door een bepaalde bloedlijn gecreëerd zijn. Wanneer het hoofd van een vampierfamilie sterft, geeft hij of zij het bloedrecht door aan de toegewezen erfgenaam. Om te kunnen erven, moet de erfgenaam het bloed van de stervende patriarch of matriarch aftappen, waardoor het lichaam tot stof vergaat. Sommige bloedrechten zijn zelfs terug te voeren tot de oude Sumer. Op deze manier kan een vampier die nog maar honderd jaar oud is (of zelfs jonger) uiteindelijk enorme legioenen ondoden onder zijn bevel hebben. De erfgenaam krijgt bovendien het bevel over alle mensen die in de macht van zijn of haar ouders zijn. Maar wanneer vampiers elkaar ongewapend bevechten, kan het bloedrecht van de verliezer overgenomen of veroverd worden. Bloedrecht betekent ook de toename van bepaalde krachten.

Halfbloed

Een waargeboren vampier wiens ouders van gemengde kaste zijn, wat wil zeggen dat één ouder Oudbloed is en de ander Nieuwbloed.

Hybride

Het product van de paring tussen een mens en een

vampier is een hybride. Hybrides worden gewantrouwd door waargeboren vampiers, aangezien ze door professionele heksenvinders en vampierjagers vaak worden gebruikt als levende wapens, met als beruchtste voorbeeld de gehate Pieter van Helsing.

Kelder
Van levende, gevangengenomen donors wordt in kelders bloed afgetapt.
Slang voor privébloedbanken.

Nieuwbloeden
Waargeborenen die afstammen van vampiers wier voorouderlijke bloedrechten zijn veroverd door buitenstaanders en die ervoor hebben gekozen om hun erfrecht opnieuw vanaf de grond op te bouwen in plaats van hun overweldiger als vazal te dienen.
Ze hebben in vergelijking met Oudbloeden weliswaar vaak minder sterke krachten, maar ze zijn niet per definitie arm; sommige Nieuwbloeden zijn zelfs heel rijk. Ze hebben eenvoudigweg niet de millennia van overgeërfde genetische, op bloed gebaseerde krachten en het bloedrecht dat Oudbloeden hebben.

Oudbloeden
Waargeborenen met lange, ononderbroken bloedrechten, waarvan sommige teruggaan tot de oorspronkelijke demonvoorvaderen. Oudbloeden hebben enorme

legioenen ondode bedienden onder hun bevel en ze bezitten krachten als stormverzamelen, de macht over dieren, gedaanteverwisseling en het controleren van iemands geest, en ook aangeboren magische gaven die hen in staat stellen om spreuken te gebruiken en tover- dranken te maken.

Stichters

De oorspronkelijke dertien stichters van het moderne vampierras, die in een vorm van voorouderverering door hun afstammelingen worden aanbeden als half- goden. De Stichters waren vleermuisachtige demonen, geboren in de Hel, die meer dan twintigduizend jaar geleden door een tovenaar naar deze dimensie werden geroepen. Toen de tovenaar onverwacht stierf, strand- den ze in deze sterfelijke wereld. In eerste instantie wa- ren er ongeveer honderd 'broeders', maar al snel voer- den ze oorlog tegen elkaar om uit te maken wie koning zou worden over hun nieuwe thuis. Toen er nog maar dertien over waren, sloten ze een wapenstilstand en verspreidden zich over de verste uithoeken van de we- reldbol zodat ze niet met elkaar hoefden te concurre- ren. Uiteindelijk zouden zij het hele vampierras voort- brengen.

Strega

Een bovennatuurlijke criminele organisatie die zijn oorsprong heeft in het antieke Rome en Griekenland.

De Strega is opgericht en wordt geleid door vampiers, maar maakt ook gebruik van heksen, weerwolven en verschillende andere bovennatuurlijke wezens. Het gerucht gaat dat leden van de Strega hun diensten aan iedereen verkopen die er maar voor wil betalen, inclusief mensen.

Totem

De dierlijke vorm die een vampier aanneemt wanneer hij of zij van gedaante verandert. De wolf is de meest voorkomende totem, maar niet die van alle vampiers. Afhankelijk van hun afstamming veranderen sommige in grote katten, zoals panters, leeuwen of tijgers, terwijl andere de vorm aannemen van een slang, zoals de python, cobra of anaconda. Daarnaast kunnen alle vampiers de gedaante van een vleermuis aannemen.

Vazal

Een vampier wiens bloedrechten veroverd zijn en die trouw heeft gezworen aan zijn of haar overweldiger in ruil voor bescherming en de mogelijkheid om later toestemming te krijgen om in de gestolen bloedlijn te hertrouwen.

Vendetta

Een langdurige bloedvete tussen individuen of families. Vendetta's worden meestal gevoerd tussen jaloerse rivalen, overweldigde vampiers die hun gestolen bloedrechten willen claimen, afgewezen geliefden of slecht behandelde vrienden.

Vendettavrije zone

Bepaalde aangewezen gebieden waar vendetta's niet gevoerd mogen worden, heten vendettavrije zones. Een van die universele vendettavrije zones is het schoolsysteem. De verschillende scholen waar vampiers hun kinderen naartoe sturen om hun opleiding te krijgen, zijn verboden terrein. Ook leerlingen worden beschouwd als verboden terrein. Ze mogen niet aangevallen worden en zijn immuun voor de soms eeuwenlang bestaande rivaliteit tussen families. Zodra ze afstuderen – of van school gaan – gaan de fluwelen handschoenen uit. Illegale aanvallen op schoolgaande jongeren door volwassen vampiers leiden tot extreme strafmaatregelen door de Synode.